边陲幽屋

The House on the Borderland

［英］威廉·霍奇森 —— 著
林文华 —— 译

上海文艺出版社
上海故事会文化传媒有限公司

编委会

总策划 夏一鸣

主　编 黄禄善

副主编 高　健

编辑成员（按姓氏拼音为序）

蔡美凤　高　健　洪圣兰　胡　捷

黄禄善　吴　艳　夏一鸣　杨怡君　朱崟滢

名家导读

/陈俊松

陈俊松，男，上海外国语大学文学博士，现为华东师范大学外语学院副教授、复旦大学外国语言文学博士后，主要从事当代美国文学、二十世纪西方文论、比较文学、叙事学等方面的研究。

威廉·霍奇森，英国作家，以描述自然力量、灵异现象为长。1877年出生在英格兰埃塞克斯郡，他的父亲是英国圣公会的一个牧师，经常被派遣到遥远的戈尔韦湾，那里是崎岖的爱尔兰西海岸，幼小的威廉·霍奇森由此产生了对大海的热爱。他先后随船绕地球三周，饱经了风霜和危险。这段时期的海上航行为他后半生的文学创作打下了扎实的基础。

1902年，威廉·霍奇森回到了陆地，在经过了数次创业失败之后，遂决定写灵异小说。他的第一篇公开发表的灵异小说是《回归线上的恐怖》，该文刊登在1905年6月的《宏大杂志》上。从此，他的短篇灵异小说源源不断地见诸报刊，其中包括脍炙人口的《夜之声》。但在此期间，他已经动手创作长篇灵异小说。他先是出版了"幽灵三部曲"：《"格伦·卡里格"号帆船》《边陲幽屋》和《幽灵海盗》。接着，他又出版了带有自传性质的《夜之地》。这四部小说奠定了他的杰出西方灵异小说家的地位。虽然并不是所有关于海上生活的作品都是灵异故事，霍奇森的描写还是令人不禁猜测，在那世界的未知彼端和广阔波澜的海浪下，一定隐藏着什么不为人知的奇异力量。

第一次世界大战爆发后，1918年，这位天才的作家也毫无例外地卷入了战争，并不幸被炮弹片击中。之后他的两部诗集和另外一些作品陆续得以问世。由于英年早逝，霍奇森生前在评论界没有受到太多的关注，但不可否认，他的作品搭建了十九世纪超自然恐怖故事和二十世纪科幻奇幻小说之间不可或缺的桥梁。

《边陲幽屋》是一部标志着与19世纪晚期传统哥特式小说正式决裂的里程碑式的作品。霍奇森创造了一种全新的带有科幻色彩的宇宙恐怖小说类型，并对20世纪中期的灵异小说家产生了巨大影响，特别是克拉克·A·史密斯，霍华德·菲利普·洛夫克拉夫特等人，后者更是将《边陲幽屋》列在对他影响最大的作品名单中，称其为经典中的经典。这部小说可谓是科幻、奇幻和洛夫克拉夫特式恐怖的集大成者。威廉·霍奇森和霍华德·菲利普·洛夫克拉夫特在小说氛围和写作风格方面极其相似，只是霍奇森小说中的这种恐怖感更现实、更强烈，堪称开了宇宙恐怖小说之先河。洛夫克拉夫特之后所做的一切关于伪现实主义的创作皆源于此,他自己也曾开玩笑,他从霍奇森的作品获得了极大的启发。大卫·普林格尔称《边陲幽屋》为一部令人读后汗毛四起的小说,尼尔巴伦赞叹霍奇森想象力惊人,而幽默奇幻作家特里普拉切特称之为奇幻小说界的宇宙大爆发。英国著名漫画家艾伦·摩尔对威廉·霍奇森在灵异小说界的贡献也给予了高度评价。与此同时,后来的西方著名超自然主义侦探小说家,如杰拉尔德·芬德勒、萨克斯·罗默、弗格斯·休姆等等,都从威廉·霍奇森那里吸取了丰富的营养。他们的作品与阿加莎·克里斯蒂等人的直觉主义侦探小说彼此呼应,共同催生了西方古典式侦探小说的黄金时代。

在十九世纪和二十世纪初文学界这股奇幻文学的热潮中,《边陲幽屋》可被看作是开山之作。现在的一些影视,如电影《我是传奇》,美剧《行尸走肉》,其创作灵感都可以追溯到霍奇森笔下的那些夜间出没的猪怪。更重要的是,霍奇森的这部小说,扩展了人类的想象力,对于地球、太阳系以及整个宇宙的未来,远远超越赫伯特乔治威尔斯在《时间机器》以及其他几部预言小说中展现的想象。

阅读《边陲幽屋》,有些习惯于现实主义作品的读者可能会感到有些困难,尤其是对人物的角色会有些模糊,因为小说中描述性语言居多。但正是这古怪离奇的情节、夸张的想象力、令现代读者叹为观止的恐怖气氛才是这部小说的传奇之处。在广阔、邪恶、未知、不可思议、令人毛骨悚然的宇宙力量面前,人所呈现出的恐惧、不安、痛苦、孤独、无助和脆弱，也许也只有霍奇森才能刻画得如此淋漓尽致。霍奇森的文风清奇峻丽，总能挖掘出平静日常表面之下的暗流涌动。很少有人能同他一样，仅仅通过一些随意的暗示和看起来无足轻重的细节描写，就能够准确地勾勒出那些说不出名字的怪物的轮廓，以及他们阴森出没时不同寻常的恐怖场景。他对气氛的渲染总是如此恰到好处，像恐怖片的经典前奏曲一样，让人揪心得只能蒙上眼睛可又忍不住地在指间的缝隙里偷看究竟发生了什么。与《夜之地》一样，读完后总能感受到一股强大的张力。《边陲幽屋》将传统的鬼故事与现代奇幻小说巧妙结合，使现代读者在这穿越时空的刺激旅程中感受恐怖小说与科幻小说的双重魅力，意犹未尽，回味无穷。在这篇小说中，房子的主人，也是这部手稿的作者，没有人认识他。他虽然足智多谋，对这个世界有着清醒的认识，却在邪恶面前软弱无力。霍奇森也借此传达了这样一个主题：我们生来孤独，我们所称之为博爱全能的上帝并不能对我们施以援手。在整个宇宙中，我们渺小无助，微不足道。我们会轻易被击垮，至于何时何地缘何，我们无从知晓，世事难料。

你曾想象过这样一个地方吗？在那里，你被置于时空之外，不知自己是生是死；在那里，你可以洞见宇宙的运行，亲眼看见各个行星和太阳的消亡；在那里，你甚至可以和已逝的旧爱重逢，在幽暗静谧的大海中重燃爱火。让我们跟着霍奇森的《边陲幽屋》一起去探寻吧！

Contents

发现手稿 1

寂静的平原 13

竞技场中的小屋 20

地球 27

壕沟探秘 31

猪怪 39

攻击 50

攻击之后 57

地下室 63

等待 68

搜索花园 72

地洞 79

大地窖中的陷阱 90

沉睡的大海 95

黑夜中的声音	100	黑色星云	147
醒来	111	贝泼	153
越来越慢的旋转	117	花园里的脚印	155
绿色之星	123	来自竞技场的猪怪	160
太阳系的末日	131	发亮的斑点	170
天球	137	尾声	173
黑太阳	141		

发现手稿

在爱尔兰的西部有一座名叫克莱顿的小村庄，它孤零零地坐落在一座小山脚下。村庄四周是一片荒凉的乡野，没有屋顶的破茅屋零星地散乱其间。整片土地光秃秃的，满目凄凉。这里乱石丛生，泥土几乎不能覆盖。随处有乱石破土而出，形成波浪形的石岗。

尽管这里一片荒凉，我和我的朋友托尼生决定到这里来度假。他是在去年的一次长途徒步旅行中偶然发现这个地方的。在这座小村旁有一条不知名的小河，他觉得可以在此垂钓。

我说那小河没有名字，还得加上一句，我在任何一张地图上都找不到这村庄和河流的所在。它们似乎完全脱离了人们的视线：正如普通导游所说，也许它们从未存在过。也许，这是因为离这里最近的火车站（阿尔德拉罕）也有大约四十英里。

在一个温暖的傍晚，我和我的朋友来到了克莱顿村庄。我们前一天夜里到达阿尔德拉罕，住在我们预定的房间里。第二天一早，便贸贸然搭上了一辆爱尔兰当地的马车。

我们花了一整天才完成这段旅程，一路上的颠簸可想而知，结果弄得筋疲力尽，心情糟透了。但我们先得搭上帐篷，放好行李，然后才顾得上弄点吃的，休息一下。在司机的帮助下，我们开始动起手来。不久，帐篷搭好了，就搭在村子外小河旁的一块空地上。

待我们把行李全部放好，司机就得走了。因为他还得尽快赶回去，我们告诉他两星期后再来。我们带的食物足可以让我们支撑两个星期，水我们可以从小河里提取。我们不需要燃料，因为我们的行囊中，还带着一只小油炉，并且，天气很好，很温暖。

住野外是托尼生的主意。他说，住在那种破茅棚里毫无乐趣可言，墙角里一边挤满了爱尔兰人，一边是猪圈，头顶上栖息的飞禽随时会掉下排泄物，整个地方都是泥灰，住这种地方会让人喷嚏连连。

托尼生点燃油炉，忙着切咸肉片，放到煎锅里去，我拿起水壶朝小河边走去。途中，我从一群村民旁经过，他们好奇地打量着我，目光中没有敌意，尽管没人和我搭话。

我打好水往回走的时候，向他们友好地点了一下头，他们也向我点了点头。我随便问问他们关于钓鱼的事儿，他们没有回答，只是默默地摇摇头，盯着我看，我向身旁一个高高瘦瘦的人重复了一遍我的问题，我又一次没有得到回答。那人向他的同伴飞快地说了句什么，他的话我听不懂。随即，整个人群叽叽喳喳起来，我猜想，他们说的是纯爱尔兰语。同时，他们向我要去的方向看了又看，他们间互相谈论起来。然后，我问过话的那个人，对着我说了句什么。看他脸上的表情，我猜想现在轮到他来问我了。我不得不摇摇头，表示不明白他们要知道什么。我们面对面站着，互相看着对方，这时我听到托尼生在叫我快点把水打回去。我向他们笑了一下，点点头离开了。他们一伙人也冲我笑笑，点点头，脸上显出疑惑不解的神色。

　　回到帐篷后，我想这些居住在荒野茅屋里的人显然一点也不懂英语。我把这情况告诉了托尼生，他说他知道这种事情，在这一带这是普遍的现象，人们从生到死一辈子生活在与世隔绝的小村里，跟外界从来没有接触过。

　　坐下吃饭时，我说："早知道请司机走之前帮我们翻译一下，这地方的人连我们到这儿来的目的都不知道，一定感到很奇怪。"

　　托尼生咕哝着表示同意，接下来便是一片沉默。

　　我们填饱了肚子后，开始谈论起第二天的计划。然后抽了支烟，把帐篷的门帘拉上，准备睡觉。

"外面那些人不会来拿走什么吧？"我们打开铺盖睡觉时我这样问。

托尼生说他认为不会，至少我们在的时候他们不会来拿。他又说，除了帐篷外，我们可以把一切东西全部锁进那只大箱子里去。我同意他的看法，不久我们便睡着了。

第二天一早，我们起床后就到小河里去游泳；游完泳我们穿上衣服，去吃早饭。然后我们拿出钓具，仔细检查了一遍，确保所有物品全部都收拾在帐篷里后，我们就出发去我朋友上次去过的地方钓鱼。

白天我们钓鱼钓得很快乐，一点点向上游钓去。到了傍晚，我们钓到了满满一大篓，我很久没钓到过这么多的鱼。回到村子，我们好好地吃了一顿，以补偿白天的不足。我们选了几条美味的鱼留作明天的早餐，把剩下的鱼全部送给聚在外面的村民们。他们显得感激不尽，向我们千恩万谢，我猜想那一定是爱尔兰语中最动听的祝福。

我们就这样度过了几天，打打猎做做运动，吃着一流的美味。我们高兴地发现村民们对我们十分友好，也没有迹象表明我们不在时他们来动过我们的东西。

我们到达克莱顿是在周二，就在那一个周日我们有了重大发现。到目前为止，我们一直沿着上游垂钓；可是那一天，我们不带鱼竿，而是带着干粮，向相反的方向漫步。那天天气很温暖，我们非常悠闲地迈着步，中午，我们在河边一块又大又平的岩石上吃中饭。饭后，我们坐着抽了会儿烟，直到觉得无所事事时才继续上路。

我们又往前走了大约一个小时，一会儿聊聊这，一会儿聊聊那，途中停了几次，因为我的这位朋友还是个业余艺术家，他为几处美丽的野外风景画了几幅素描。

就在这时，我们突然发现这条河居然被我们走到了头——它消失在泥土中。

"我的老天爷！"我说，"谁会想得到？"

我惊讶地看着这条河，然后看看托尼生。他正看着河流消失的地方，脸上一片茫然。

一会儿以后他开了口。

"我们继续往前走一段：它可能还会出现——不管怎么说，值得去探索一下。"

我同意他的看法，我们开始往前走，但却漫无目标，因为我们根本无法断定往哪个方向搜寻。我们又往前行了大约有一英里路，托尼生一直在往四周张望，然后他停下来，手搭凉棚。

"你看！"他说，"右面那边——那块巨石旁边是不是水雾什么的？"他用手指着那块巨石。

我看了一会儿，好像看到了什么，但不敢肯定，我如实告诉他我的想法。

我朋友说："无论如何，我们过去看看。"说着他自己向那个方向走了过去，我跟在他后面。我们穿过一片灌木丛，爬到一块巨石的上面，向下往一片灌木丛和树林看去。

托尼生兴致盎然地看着，嘴里喃喃自语道："我们好像来到一处石丛中的绿洲。"然后他不说话，只是凝眸注视。我也跟着他注视起来。在树丛低地的中央，一股水雾高高升起，阳光照射其间，产生无数的彩虹。

"多美啊！"我大声叫道。

"是啊。"托尼生若有所思地应道，"那边一定有个瀑布什么的。也许是我们的河流又流了出来，我们去看看。"

我们沿着巨石的斜坡下去，进入那片树丛和灌木丛。那些灌木丛密密匝匝枝杈缠绕，而那些树木又高高地悬垂在我们头顶上方，那地方显得晦暗不明，但我依稀能分辨得出许多树是果树，并能隐约发现一些古老文明的迹象。我突然想到，我们正在一座巨大的古代花园中穿行。我把这想法告诉了托尼生，他认为我的想法很有道理。

这地方是如此的荒芜阴沉而幽暗。我们愈往前走，我越感到一种寂静的孤独感，以及古代花园的荒凉感，我感到毛骨悚然。人们可以想象动物藏匿在那些缠绕的灌木丛中，而这地方的空气中似乎有一种不可思议的神秘色彩，我想托尼生也感受到了这一点，尽管他嘴上没说一个字。

突然，我们停了下来。在树丛的深处隐约传来一种声音，托尼生俯身倾听。现在我听得更清楚一些了，那是一种连续而刺耳的声音——一种单调低沉的喧哗声，仿佛从远处传来。我感到一种奇怪的不可名状的紧张。我们来到了一个什么样的地方？我看看我的同伴，想知道他在想些什么，我发现他满脸茫然，然后，他脸上显出若有所思的表情，点了点头。

"那是一个瀑布，"他大声说道，语气十分肯定，"现在我知道那声音是什么了。"他拨开灌木丛，向着那声音的方向走过去。

我们向前走的时候，声音变得越来越清楚，说明我们正径直向它走去。那喧哗声越来越响，越来越近，直到后来，正如我告诉托尼生的一样，我们发现那声音似乎就来自我们的脚下——而我们仍然身处灌木丛和树丛中。

"小心！"托尼生向我叫道，"看看你要走到哪儿去了。"突然，我们走出树丛，来到一块巨大的空地，就在我们前面不足六步远的地方，一个巨大的裂口张着大嘴，那声音似乎就来自那裂口的底部，我们从远处巨石上看到的雾状的水汽也来自其间。

我们一声不发地站在那里，好奇地观看着这情景。然而，我的朋友小心翼翼地往那巨大的裂口边缘走去。我跟了过去，我们一起向下望去，看到一条巨大的瀑布，水沫飞溅，从将近一百英尺深的裂缝中喷涌而出。

"我的天哪！"托尼生喊道。

我震惊得说不出话来。我没有想到这景象竟然如此壮观而又不可思议。这不可思议的感觉后来越来越强烈。

我抬起头，向裂口的那一端望去。我看到有某些东西耸立在水汽里面：好像是一个巨大废墟的残片，我拍拍托尼生的肩膀。他吃惊地向四周环顾，我指着那个东西。他随我的手指看去，当他看到那物体时，心中一阵激动，眼睛随即一亮。

"跟我来，"他的声音盖过了喧哗声，"我们去看个究竟。这地方有点古怪，我从骨子里能感觉出来。"他沿着那个火山口状裂缝的边缘走了起来。我们靠近那物体时，我的第一印象没有错，这无疑是一座废墟的一小部分。但与我最初设想的不同，它不是建造在裂缝的边缘，而是几乎栖息在一块巨石的边缘上，巨石高出裂缝五六十英尺。事实上，这突出的废墟是悬在半空的。

来到它的对面，我们爬上那巨石突出的部分。我得承认，当我从令人头晕目眩的巨石上往深不可测的底部望去时，感到一种难以忍受的恐惧，下面水花喷涌，水声轰鸣。

来到废墟，我们小心翼翼地向四周爬去，在较远的那一端，我们看到一大片倒塌的石头和瓦砾。经过短暂的观察，我发现这座废墟是一个巨大建筑的外墙，它造得又厚又结实。但它为什么坐落在这个位置，我却实在猜不出来。剩下的房屋，或城堡或随便什么建筑在哪里呢？

我回到墙的外边，再回到巨大裂口的边缘，留下托尼生在那堆瓦砾和垃圾中搜寻。然后我开始检查裂缝边缘附近的地面，看看是否有与那座废墟有关的建筑的遗迹。但无论我如何仔细地检查泥土，没有任何迹象表明在这儿建造过任何建筑，我越发感到迷茫。

然后，我听到托尼生的一声喊叫，他激动地大声叫着我的名字。我匆忙沿着那巨石的突出部分来到废墟。我担心他是否伤着哪儿，然后又想他也许发现了什么。

我来到残垣断壁旁，看到托尼生正站在一堆他发掘出来的东西旁，他正在给好像是一本书之类的东西擦去灰尘，那书皱巴巴的，残缺不全。他张大着嘴巴，每隔一两秒钟，就呼叫一下我的名字。他一看到我，就把他的战利品递给我，叫我放到小皮包中以免受潮，而他又继续探索起来。我并没把书放好，而是用手指翻起书页来。我发现书页写满了密密麻麻的字，那些字是用旧式字体写成，字迹工整，清晰可辨。只是有一个部分许多书页已残缺不全，皱巴巴的，弄上了泥斑，好像整本书在那个部分被对折了一下。这本书是托尼生发现的，而那书页的破损，也许是由于砖石掉下所致。奇怪的是，这本书没有受潮，我想那也许是由于书埋得太严实了。

把书放好后，我来到托尼生处帮他一起发掘。尽管我们苦干了一个小时，把所有石头和垃圾都翻了一遍，除了一些木头碎片外，我们什么也没有发现。那些木头碎片可能是桌子什么的残片。因此我们不再搜索，沿着那块巨石，再一次回到安全的土地上。

接下来我们绕着那个巨大的裂口兜了一圈，发现那个裂口几乎是一个完整的圆圈，只是那个废墟所在的岩石突出部分破坏了它的协调。

托尼生说，这个巨大的裂口像一个巨大无比的井或者坑，直插入地球的深处。

我们继续向四周巡视，发现在裂口的北部有一处空地，于是我们就向那个方向走去。

这里离那个巨坑的口约有几百码的距离，我们发现一个平静的巨大湖泊——除了一处有湖水潺潺地流着外，整个湖泊显得很平静。

由于远离那瀑布的喧哗，我们能听得清彼此说话的声音，再也用不着扯着嗓子喊叫了。我问托尼生他如何看待这地方——我告诉他我不喜欢这地方，越快离开越好。

他点点头算作回答，偷偷地瞥了一眼身后的树丛。我问他是否看到或听到什么动静。他并不回答，而是默不作声地站着，仿佛在听着什么，我也不再出声。

突然，他说话了。

"听！"他大声说道。我看看他，然后看看远处的树丛和灌木丛，不由自主地屏息倾听。一分钟过去了，但我什么也没听到，我转向托尼生准备告诉他我什么也没听到，就在我正要张嘴说话时，我们左边的树林里传来了奇怪的哭泣声……它好像是从树丛中飘过来的，还有树叶晃动的沙沙声，然后又复归宁静。

突然，托尼生说话了，他拍拍我的肩膀："我们离开这里吧。"然后开始慢慢地向树丛和灌木丛最稠密的地方走去。我跟在他身后，突然发觉太阳已经落下去了，空气中有些微寒。

托尼生不再说话，而是继续向前走。我们来到树林子里，我紧张地向四周张望，但除了寂静的树枝和缠绕的灌木外，什么也看不见。我们继续向前走着，除了被我们脚踩断的树枝偶然发出的声音外，没有什么声音打破这儿的宁静。尽管这里很宁静，但我有一种可怕的感觉，这里并不只有我们两个人。我紧紧地跟在托尼生身后，有两次踩着他的脚跟，但他没吱声。一分钟过去了，又一分钟过去了，我们走到了树林的边缘，最后来到这乡野光秃秃的石岗。到了此时，我才摆脱在树林里一直缠绕着我的恐惧。

我们离开后，远处又传来一声哭泣声，我跟自己说这是风的声音——但这傍晚却悄无声息。

托尼生现在开始说话了。

"你看,"他说,"即使把这世上的财富全部给我,我也不愿意在那儿过夜。那地方有点邪门——不可思议。你说过后我也有同感。那树林子我觉得有点不吉利!"

"是的。"我说,回过头去看那地方,但被一块高地挡住了视线。

"我们有书。"我说,我把手伸进小皮包里。

"你把它放好了?"他突然担心地问道。

"是的。"我回答道。

他又道:"也许我们回到帐篷后可以从中得到一些信息。我们得快点回去,还有好多路要走呢,我不想待在这黑咕隆咚的野外。"

两个小时后我们回到了帐篷,准备赶紧弄点吃的,因为中午后我们一直还没吃东西。

吃过晚饭,我们清理了一下帐篷,点着烟。然后,托尼生要我把那本手稿拿出来。我拿出书稿,由于我们不能同时阅读,他提议由我来朗读。他知道我的习惯,提醒我道:"注意,不要漏掉一半不读。"

然而,要是他知道这手稿写的是什么,他就用不着这样提醒我了。我坐在我们小小的帐篷中,开始朗读起那奇怪的传说"边陲幽屋"(因为这是手稿的题目)。下面的故事就是手稿接下来所描写的。

寂静的平原

　　我是一位老人,居住在这幢古老的房子里,四周是巨大的、未经修整的花园。

　　住在荒地那边的农民们说我是疯子,那是因为我不愿跟他们往来。我和姐姐一起住在这儿,我姐姐同时也是我的管家。我们没有仆人——我讨厌他们。我有一位朋友,那是一条狗,其他所有的动物加在一起也不如我的老贝泼。它至少能理解我——当我心情不好时,他会悄悄地走开,让我一人独处。

　　我决定开始记日记,它可以让我记录一些不能向人表白的思想和感情。但除了这些,我急于要记下许多年来住在这幢古怪的旧房子里我所见所闻的奇怪事情。

几百年来，这所房子一直名声不好，八十多年来没人住过，直到我买了它。因此，我能够以极低的价钱买下它。

我并不迷信，但我不能否认在这所旧屋子里发生的事情——我所不能解释的事情。因此，我必须让头脑平静下来，尽我最大的能耐把它们记下来。尽管在我百年之后，我的日记可能被人所阅读，但他们看了后只会摇头，认为我一定是个疯子。

这所房子是多么古老！但是比起它的年龄，也许它的结构更让人感到奇怪。那结构是人们无法想象的。小小的呈弧形的塔和尖顶占了绝大部分，其轮廓让人联想起无数跳跃的火焰，而建筑的主体则呈一个圆圈的形状。

我听说，在乡间有一个古老的传说，他们相信是魔鬼把屋子造在这儿的。是否真实，我既不知道，也不在乎，但有一点是真的，在我买下它之前这种传说使它价钱很便宜。

我住这儿该有十多年了。后来我确实看到了一些事情，足以证明现在邻居们所说的和传说中关于这屋子的事情是真的。我确实隐隐约约目睹了至少有十多次令我感到疑惑的事情，也许说我感觉到而非看到更合适。随着岁月的增加，我渐渐上了年纪，我常常感觉到在那些空屋里和过道里有些看不见但却确实存在的东西。如我所说，我是来这儿许多年以后才看到所谓超自然的真正显现。

这不是万圣节前夕,如果我要说一个故事取乐,我会选在万圣节前夕。但这是我亲身经历的真实记录,我写下来不是为了逗人玩。不,这是在半夜后,一月二十一日凌晨。我正坐在书房阅读,这是我的习惯。贝泼正躺在我的椅子旁睡觉。

没有任何预兆,两支蜡烛的火焰突然变小,然后发出鬼火似的蓝光。我迅速抬起头,看到火焰又变成暗淡的红色,使得屋子里发出一种奇怪的、浓重的深红色微光,给椅子和桌子投下了两种深浅不同的阴影。光线照到哪里,哪里就像被发亮的血溅上了一般。

我听到一声细微的、令人毛骨悚然的啜泣从地板上传来,有什么东西在我的两脚间碰了一下。是贝泼,它蜷缩在我的晨衣下。贝泼通常像雄师一样威猛!

我想,是这条狗的这一动作,给了我钻心般的恐惧。我突然惊骇起来,而此时两朵火焰突然变绿,然后变红。但当时我感觉这一变化可能是房间里流入了某种有毒的气体造成的。现在,我觉得事情并非如此。因为两支蜡烛燃烧得很稳定,没有迹象表明马上要熄灭,而空气中气体的变化常常会导致蜡烛熄灭。

我坐着一动也不动,明显地感到了恐惧。除了等待外,想不出还有什么更好的事情可做。我紧张地向屋子里环顾了约有一分钟。然后,我注意到两支蜡烛的火焰开始慢慢地变小,直到它们发出微小的红色光斑为止,就像两颗红宝石在黑暗中闪闪发光。我仍然坐着观察。一种梦幻般的恍惚感似乎慢慢袭上我身,原先的恐惧也随之消失了。

在这间巨大的老屋子里,我看到房间角落有一道微弱的光亮。它慢慢地变亮,闪烁的绿光充满了整个屋子。然后它迅速变小,然后变成——就像蜡烛火焰一样——一种幽暗的深红色,那深红色不断加深,以一股可怕的光泽照亮了屋子。

那光来自最后的那堵墙壁,并且越来越亮,亮得我眼睛发痛,我不得不闭起眼睛。几秒钟后,我才睁开眼睛。我首先注意到的是光亮大大减弱了,不再直逼我的眼睛。随着光亮越来越弱,我突然发觉我没有看着那红光,我的目光透过那光亮,甚至透过那墙壁。

渐渐地,我越来越感觉我透过墙壁看着一片广阔的平原,那平原笼罩着一层跟屋子里一样的幽光。这平原的广袤辽阔难以想象,根本看不到其边缘。它好像一直向外延伸,一望无垠。慢慢地,近处的景象开始清晰起来。然后,那光在一瞬间突然消失,那景象——如果它可称作为景象的话——也消失不见了。

突然,我意识到我已不再坐在椅子里,而是仿佛盘旋其上,蜷成一团,沉默不语,低头看着一个模糊的东西。一会儿工夫,一阵冷风袭来,我置身于室外的夜空中,像气泡一般在黑暗中升腾。在我飘浮的时候,似乎有一种冰冷的东西包围着我，冷得我直抖。

片刻以后，我向左右环顾，看到远处的火光捅破了难以忍受的黑夜。向上，向外，我随风飘荡。我又一次向后看去，看到地球像一弯发着蓝光的新月，在我左边退去。远处，太阳像一团白色的火焰在黑暗中燃烧着。

不知过了多久，我最后一次看到地球——一个持续发着蓝光的小球，在永恒的太空中遨游。而我，一片脆弱的生灵微尘，在真空中静静地飘摇，从遥远的蓝色星球，飘向未知的太空。

时间过了很久很久，现在我什么也看不见。我飘过了恒星，一头扎入远处等着我的巨大黑暗中。整段时间里，除了感觉到有点轻盈和寒冷，我几乎没有什么感觉。现在，可怕的黑暗仿佛慢慢进入我的灵魂，我变得充满恐惧和绝望。我将变成什么？我现在正去向何方？这些想法刚刚产生，在包围着我的无穷黑暗中出现了一丝微红的血色。它显得极其遥远，像雾一般，压抑感立刻减轻，我不再感到绝望。

渐渐地，远处的红色变得越来越清晰，越来越大。等我更接近它时，它扩散成一大片淡然而炫目的光——那光暗淡而辉煌。我继续向上飘去，我跟它靠得更近了，它仿佛一片巨大的暗红色海洋在我下面展开。我只看到它向四面八方无尽地延伸开去，其他几乎什么也看不到。

在一个更远的空间，我发现我正在下沉。不久，我沉入一个暗红色的巨大云海之中。我慢慢地探出云层，看到下面有一个辽阔的平原，我曾在位于寂静之境的屋子房间里看到过这片平原。

现在我着陆了，我站在一片巨大的无人荒地上，这片荒地上笼罩着一片昏暗的光，透出无法形容的荒凉。

在我的右面，远处天边燃烧着一圈暗红色的巨型火轮，其外部边缘投射出巨大而扭曲的火焰，急速移动，参差不齐。这火轮的内部是漆黑一片，跟外部的夜晚一样黑。我马上明白，正是这巨大无比的太阳使得这地方泛发幽暗的光。

借助那奇特的光，我又瞥了一眼我的周围。我的目光所及，全是一望无际的平原。我没有发现任何生命的迹象，甚至也没有古代部落的遗迹。

我发现我慢慢地向远方飘去，飘过荒芜的平原。那平原似乎漫无边际，我于是向上移动。我没有任何不耐烦的感觉，心里一直有着某种好奇心。我看到的尽是那平原的辽阔，我总是希望发现某种新的东西来打破这种单调的情景，但毫无变化——只有孤独、寂静和荒凉。

在迷迷糊糊中，我发现在平原上方有一层淡淡的红色雾气。当我再仔细一看时，我很难说它是否真的是雾气，因为它似乎和平原融为一体，给人一种奇特的不真实感，仿佛它没有实体。

渐渐地，我开始厌倦这种毫无变化的情景。但是，在觉察到自己飘到这里之前，我度过了一段美好的时光。

最初，我从远处看它，它像平原表面上长长的小土丘。当我慢慢接近它时，我发现我看错了。它不是一个小土丘，而是延绵的山脉，远处的山峰高高耸立，直到消失在幽暗的红色之中。

竞技场中的小屋

一会儿以后,我来到那片山脉。然后我漂移的路线改变了。我开始沿着这些山脉的底部移动,直到我发现我来到一个通向山脉的巨大裂缝。我在裂缝中缓缓而行,两边是陡峭的悬崖峭壁。在我的头顶上方,我远远看到一条红色缎带,那里正是裂缝的开口处,周围环绕着无法触及的山峰。在裂缝中,是幽暗、深沉、令人颤栗的寂静。我慢慢地向上移动,最后,我看到前面发出一片暗红色的光,说明我接近了峡谷更深处的洞口。

一分钟后,我来到裂缝的出口,看到一个巨大的山中圆形凹地。然而,真正引起我注意的不是这座山,也不是此地的宏伟。我惊奇地发现，几英里以外，在一个圆形竞技场的中心，有一座显然用翡翠造就的宏伟建筑。令我感到吃惊的并不是发现这样一幢建筑，而是我越来越感到这个孤零零的建筑物——除了它的颜色和巨大的规模外——跟我居住的这幢屋子别无二致。

我盯着它看了好一会儿，几乎不能相信我看到的是真的。一个问题在我脑海中升起，并不停地重复："这意味着什么？这意味着什么？"我想来想去，找不到答案。除了惊奇与恐惧外，我一无所能。我又观察了一会儿，不断发现某些新的相似之处。直到最后，我感到厌倦时，才把目光转开，观察我闯入的这个陌生地方的其他部分。

到目前为止，由于我一直在仔细观察着这屋子，对周围的环境仅粗略地扫了一眼。现在，当我再一次观察这个地方时，我才意识到我来到了一个什么样的地方。正如我所说的，这座圆形竞技场，似乎是一个完美的圆，其直径约有十至十二英里。我前面提到的屋子就位于其中心。这个地方的表面，跟那平原上一样，笼罩着一层似雾非雾的奇特东西。

我的目光沿着周围山脉的斜坡快速地扫视。周围一片寂静。这熟悉的可怕寂静，比我所看到的、所想象的任何东西都更难以忍受。我向上看去，看到巨大的峭壁高高耸立。在那儿，一种难以理解的红色给一切事物笼罩着一层模糊的色彩。

正当我好奇地观察时，一种新的恐惧袭上我的心头。我远远地看到，在我右上方昏暗的山峰之间，有一个巨大的黑影，仿佛巨人一般。它长着一颗硕大的马头，两只巨耳，仿佛监视着下面的圆形竞技场。那神态给我的感觉，仿佛是一个守护神——永远守护着这阴沉的地方。那巨人变得越来越清晰，我的目光从它身上移开，移到更远更高的峭壁。我注视了好大一会儿，内心充满恐惧。我奇怪地意识到这东西我并不陌生——脑海里好像浮现出什么东西。那是个黑色怪物，有奇怪的四肢，脸部模糊不清。在它头颈处，我依稀看出有几个浅色的物体。渐渐地，那些细节变得清晰起来，我意识到那些物体是头盖骨，不禁不寒而栗。身体稍下部分，是另一个环形腰带，在黑色躯干的衬托下显得不那么黑。我正疑惑，它到底是什么东西时，一个记忆突然出现在我的脑际，我认识到眼前的正是印度教死亡女神——卡莉的化身。

学生时代的一些回忆飘入我的脑海。我的目光又落回到那个巨大的马头怪物上来。同时，我又把它看作是古埃及的神明赛特，也叫赛斯，灵魂的摧毁者。有了这样的想法，一个疑问迅速掠过——"两个——！"我停住，努力去想。超乎我想象的某些东西窥视着我恐惧的心灵。我模糊地看到，"神话中的两个古代之神！"我努力去理解这意味着什么。我的目光在两个怪物间移动。"如果——"

一个念头突然闪现。我转过身，向上快速看去，在我左面阴暗的峭壁中搜寻。在一座巨峰下，隐约可见一个灰色的轮廓。我怀疑是否先前没看到它，然后我记起来我还没往那个地方看。现在我看得更清楚了。如我前面所说，它是灰色的。它有一颗硕大的头，但没有眼睛。它脸上的那个部位是空的。

我看到在山脉的上方还有其他东西。在稍远处，靠着耸立的山脊，我依稀看到一团铅灰色的东西，杂乱无序，令人胆寒。它的形状不可细辨，有着半张动物似的脸，仿佛正探头张望。然后，我又看到其他的东西，有数百个之多。它们似乎从阴影中跑出来。有几个，我几乎一下子就认出来，是神话中的神灵。其他的对我来说，十分陌生，简直匪夷所思。

我往两边看，不断地看到一些新的东西。这山脉充满了怪异之物——动物神和恐怖兽鬼怪，面目狰狞恐怖，难以描述。我内心充满了颤栗与不安，又感到反感厌恶。在古代异教徒的信仰中，除了崇拜人类神、动物神和自然神之外，还有别的神吗？这个想法占据了我的心灵——还有别的神吗？

后来，一个问题反复出现。这些动物神和恐怖兽到底是什么东西？一开始，在我看来，它们只是雕塑出来的怪物，随意放置于周围山脉中不可及的山峰和峭壁之间。现在，当我再进一步仔细观察它们时，我开始得出新的结论，在这些怪物中有一种难以描述的静止的生命力，在我看来，这是一种生于死的状态，跟我们通常理解的生命完全不同。它是一种非人类的存在方式，可比作为一种假死状态——一种可想象为其永远存在的状态。"不朽！"这个词从我的思维中蹦出来。我不知这是否就是神的不朽。

就在我的惶惑和沉思中，发生了其他的事情。直到目前为止，我一直逗留在那个巨大裂缝出口的阴影中。现在，我又不知不觉地飘出了那个半明半暗的地方，开始缓慢地穿过那个圆形竞技场，飘向那屋子。这样，我便停止了对我上面那些巨大怪物的思考，战战兢兢地注视那越来越近的宏伟建筑。我的目光仔细地搜寻，却没发现什么新的东西，便渐渐地平静下来。

目前，我正处于那屋子和大裂口的中途，四周是一片孤寂。我慢慢地向那巨大的建筑靠近，突然，一样东西映入我的眼帘，那屋子的一垛拱壁上出现了一样东西。那是一个庞大的物体，沿着墙壁垂直向上，其移动的姿势仿佛一个人在跳跃一般。它没有衣服，身体表面发着光。但引起我注意并让我感到害怕的是它的脸，那是一头野猪的脸。

我静静地、紧张地注视着那可怕的东西，看着它移动的姿势，使我暂时地忘却了恐惧。它沿着墙壁笨拙地移动着，每到一个窗口，便停下来往里张望，摇动一下窗框，每到一处门口，便推动一下门，偷偷地摸一下门闩。显然，它正寻找一处入口，好进入那屋子。

我现在距那巨大的建筑不到四分之一英里，但我还在被迫向前移动。突然，那怪物转过身，虎视眈眈地盯着我看。它张开巨口，发出一声低沉的轰然巨吼，第一次打破了这个可恶之地的寂静。那吼声令我毛骨悚然。然后，我立刻意识到它正迅猛地向我扑来。一眨眼工夫，它已经窜过了一半距离，而我却仍然无可奈何地向前移动。只有一百码了，那凶猛恐怖的面孔令我动弹不得，惊骇不已。我害怕到了极点，差点失声大叫。在我极端绝望的那一刻，我突然意识到竞技场已经在我下面，我正以飞快的速度上升。我往上升，往上升。刹那间，我已上升到几百英尺高的高度。在我的下面，那头可恶的猪怪就在我刚离开的那个地方。它四肢着地正用鼻子嗅着，拱着竞技场的表面，像一头普通的猪一样。然后它站立起来，用前肢向上抓，脸上露出渴望的表情，那种表情我从未见过。

我升得越来越高。几分钟后，我似乎已升过那巨大的山脉，在那红色云海中孤独地飘移。在遥远的下方，那竞技场已十分模糊，那宏伟的建筑看起来只不过是一个小小的绿点。而那猪怪也看不见了。

现在，我已飘过山脉，来到平原的上方。远处，在平原的上方，在那个环形太阳周围，显出一片朦胧的景象。我向那边望去，使我想起第一次看到山脉间圆形竞技场的情景。

我带着倦意抬头瞥了一眼那个巨大的火圈。它看起来多么奇怪！

正当我凝眸时，从黑暗的中心，突然闪耀出一片奇异的火焰。跟内部巨大的黑暗相比，它简直微不足道。但从它自身来看，却辉煌灿烂。我重燃兴致，仔细地注视着它，看着它沸腾、发光。一会儿以后，一切都变得暗淡而不真实，并逐渐从我视野中消失。我异常吃惊，向下看了一眼平原，身体还在上升。我又看到了令人惊奇的一幕,那平原——一切事物都消失了，在我下面，铺展着一片红色的雾海。渐渐地，它也显得越来越遥远，模糊，在深不可测的黑夜中变成一片神秘的红色。又过了一会儿，这神秘的红色也消失了。我身处一片看不见摸不着的黑暗之中。

地　球

　　就这样，在黑暗中漂浮的记忆支撑着我的思考。漫长的时间过去了，然后，有一颗孤星划破黑暗，它是这个宇宙外层星系中的第一颗星星。现在，远远地落在后面，我周围闪耀着无数的星星。后来，仿佛是几年后，我看到了太阳，一团火海。在它周围，我依稀看到几个遥远的光点——太阳系的行星。我又看到了蓝色的地球，小得难以置信。它渐渐变大，显出其轮廓来。

　　漫长的时光悄悄流逝，最后我进入了这个世界的阴影中———头撞入地球的黑夜中。头顶上方是古老的星群，还有一弯新月。然后，当我接近地球的表面时，我眼前一黑，似乎跌入一团黑雾中。

我失去了知觉，没有意识。渐渐地，我听到一声微弱的、遥远的哀鸣。这哀声渐渐清晰起来，我感到极度的痛苦。我努力挣扎着要呼吸，尽力想喊叫。一会儿以后，呼吸渐渐轻松起来。我感到什么东西在舔着我的手，某种潮湿的东西掠过我的脸。我听到一声喘息，然后又是一声哀鸣，我感到这声音好熟。我睁开了双眼，一切都在黑暗中。那种压迫感离开了我。我坐着，某种东西在哀鸣并舔着我。我的头脑一片模糊，我本能地要挡开舔我的东西。我的头脑一片空白，此时，我既不能行动又不能思索。然后，记忆回到了我的大脑，我轻声地叫着"贝泼"。一声快乐的吠声和发疯的亲吻回答了我的呼叫。

一会儿工夫后，我感到有了点力气，便伸手去找火柴。我在黑暗中摸索了一阵，然后，我的手碰到了火柴。我点燃了一根，懵里懵懂地向四周察看。我看到了熟悉的东西，我坐在那里，疑惑不解，直到火柴烫着我的手，才把它扔掉。由于疼痛和愤怒，我的嘴唇发出了声音。那声音使我感到十分奇怪。

一会儿以后，我又点燃一根火柴，这次我跌跌撞撞穿过房间，点燃蜡烛。我发现蜡烛没有烧尽，而是被扑灭的。

火焰燃起时，我环顾书房，没发现什么异常。突然我感到一阵不安。发生了什么？我双手捧着头，竭力回忆。啊，辽阔的寂静平原，环形的火红太阳。它们在哪里？我在哪里见到它们？多久以前？我感到懵懵懵懂懂，一片混乱。我摇摇晃晃地在室内走了一两个来回。我的记忆力显得麻木、迟钝，但勉强记起了我所看到的情景。我记得我在困惑中愤怒地咒骂。突然，我感到一阵眩晕，不得不抓住桌子站稳。我感到十分虚弱，扶着桌子好一会儿，然后，努力挣扎着向一把椅子摇摇晃晃地走去。片刻之后，我感到有所好转，便向壁橱走去，在那里，放着白兰地和饼干。我倒了一点白兰地，一饮而尽。然后，抓了一把饼干，回到椅子里，狼吞虎咽起来。饿到如此地步，真让我感到吃惊，仿佛我好久没吃过东西似的。我一边吃着，一边环视四周，无意识地细细搜寻起来。我想要在周围无形的谜团中找到一些有形的东西。我想："这期间一定发生了某些事情……"我的目光停留在对面角落的钟上。我放下饼干，盯着钟看。因为，尽管钟的滴答声表明它还在走，而指针却停留在午夜之前。可是我却记得很清楚，我碰到的第一件怪事发生在午夜之后。

我大吃一惊，感到不可思议。如果我最后一次看钟的时候，时间没变，我会得出结论，时针被固定在某个地方，尽管里面的机械装置还在正常运行，但那不能解释时针是不是往回倒转了。我在疲惫的大脑中又把那事想了一遍，突然闪过一个念头：现在临近二十二日凌晨，我已经在过去的二十四小时内对这个世界毫无知觉。这个想法整整占据了我的大脑有一分钟之久，然后我又开始吃起来，肚子仍然很饿。

第二天早上吃早饭时,我问姐姐那天是几号,发现我的猜测是正确的。我确实失踪了——至少是精神上——将近一天一夜。

姐姐没问我什么问题,因为当我全神贯注地读书或工作时,我常常会一整天地看书,有时甚至一连几天不间断。这种情况并不是第一次发生。

日子一天天地过去,而我仍然想要理解在那难忘的夜晚我所看到的一切。

壕沟探秘

我前面已经说过,这幢屋子四周是一片巨大的不动产,有着许多荒废的花园。

在其后面,大约三百码的地方,是一条黑黑的、深深的峡谷——村里的农民称之为"壕沟"。在峡谷的底部,缓缓地流着一条溪流,溪流上方树丛茂密,挡住了人们的视线。

我必须指出,这条河流有一个地下源头,在峡谷的东端,从地下突然冒出,然后,在悬崖下面突然消失,形成其西部末端。

这是在我看到了(如果可以说看到的话)那辽阔的平原之后的几个月后,我的注意力被吸引到那个壕沟上去了。

有一天，我正在这条壕沟的南部边缘走着，突然，有几块岩石从峭壁上掉下来，呼啸着掉往树丛中。我听到它们掉到溪流中去的水声，沉到河底，然后又安静下来。要不是贝泼狂吠起来，这件事也不会引起我的注意。我呼唤它，它也不肯停止吠叫。这种事情平时实在少见。

我感到在壕沟中一定有蹊跷，于是就飞快地回屋拿了一根棍子来。我回来时发现贝泼已经停止了吠叫，不安地沿着壕沟的顶部咆哮着、嗅着。

我打着口哨，叫贝泼跟着，我们开始小心翼翼地往下走。从上到下，约有一百五十英尺距离。费了一番周折后，我们安全地来到了底部。

下来后，我和贝泼开始沿着河岸搜索。由于树木纵横交叉，下面很暗，我手中拿着棍子，一边小心翼翼地移动着脚步，一边向四周张望。

贝泼现在静了下来，紧紧跟着我。我们沿着河的一边搜索，没发现什么。然后，我们到河的对面——跳过去——在下面的灌木丛中摸索着前进。

我们才摸索了约有一半路程，我又听到有石头掉下来的声音——掉在我们刚过来的那一边。一块巨石轰然掉下，穿过密密麻麻的树枝，直掉到对面的河岸，滚入河水中，激起很高的水花。贝泼低沉地吼了一声，然后停下来，竖起耳朵倾听。我也倾听起来。

一秒钟后，树丛中传出一声又像人又像猪似的尖叫，发出叫声的地方距南端峭壁约有一半的距离。在壕沟的底部传出同样的声音。见此情景，贝泼发出短促、尖锐的叫声，然后越过小河，消失在灌木丛中。

紧接着，它的叫声越来越远，其中还夹杂着其他声音。叫声停止后，接下来是一片寂静，再接下来是一声似人非人的痛苦叫喊声。几乎在同时，贝泼发出一声拉长的、痛苦的吼声，然后，灌木丛剧烈地摇晃起来，它蹿了出来，尾巴下垂，一边跑一边看着上方。它走到我身边时，我发现它身体侧部流着血，显然是被利爪抓伤的，它的肋骨几乎露了出来。

看到贝泼受到如此的伤害，我不禁怒从中来。我挥动着棍棒，越过小河直向灌木丛奔去。我在灌木丛中摸索着前行时，好像听到一声喘息。接下来便来到一处空地，刚好看到一个灰白色的东西消失在对面的灌木丛中。我大叫一声，向它扑去，用棍棒在灌木丛中乱击乱打，却再也看不到任何东西，便只好回到贝泼身边。我给它在河中洗了伤口，用湿手帕给它包扎，然后便回到峡谷上面来，又见到了日光。

回到家里，姐姐问贝泼怎么了，我说它和一只野猫打架，这类事情我已听说过几回。

我觉得不告诉她实情为好。尽管我自己都不知道那东西为何物，但我知道消失在灌木丛中的东西绝非野猫。它太大了，就我所见，它的皮肤像猪，只是像一头死猪、病猪的颜色。并且，它几乎直立行走，两只后脚着地,就像人行走一样。在我匆匆的一瞥中,我就见到这么多。说实话,当我再把此事回想一下时,除了好奇以外,我着实感到不安。

上述之事发生在上午。

接下来便是午后。我正坐着读书,偶然抬头,突然发现有东西正从窗子往里窥看,我只看到两只眼睛和两只耳朵。

"一头猪,我的上帝!"我这样说着,站了起来。站起来后,我看得更清楚了,它不是猪——只有上帝知道它为何物。它让我依稀记起在圆形竞技场上看到的那个令人厌恶的东西。它有着古怪的人类一样的嘴巴,但没有下巴。鼻子很长很大,小眼睛,古怪的耳朵,看起来像一头猪似的。前额几乎没有,整个脸是病恹恹的白色。

我站着看了它有一分钟,越来越感到厌恶,也有点害怕。那张嘴里发出哼哼呀呀的声音,有时有点像猪发出的呼噜声。最吸引我注意的是那双眼睛:看起来好像发着光,不时地从我脸上闪过,看着屋内的情景,好像拥有人类的智慧似的,仿佛我对它的注视打扰了它。

它用两个爪子似的手扒在窗台上,支撑着身子。那爪子呈现泥土般的黄褐色,看起来有点像人类的手,因为它们有四个手指和一个大拇指,这些爪子到第一个关节处都有蹼,跟鸭子的爪子相同。它也有指甲,又长又锋利,像鹰爪似的。

前面提到,我感到有点害怕。但我感到更多的是一种憎恶,就像人们遇到某种非人类的丑八怪,某种连做梦也想象不到的邪恶东西一样。

我不能说这个时候我已详细地看清楚这只野兽。那只不过是在事后回到我脑海中的印象而已。我看着它时,想的比看的多,那些细节只是在后来才印在我头脑中的。

我盯着这个怪物也许有一分钟。当情绪稳定一点后,我抛开模糊的恐惧感,向窗口走了一步。那怪物立刻避开我的视线,消失了。我冲到门口,迅速向四周扫视,落入我视线的只有密密麻麻的灌木丛。

我跑回屋,拿起猎枪,到外面的花园里搜寻起来。我一边走,一边想,不知这怪物是不是早上所见的那一个。我想它可能是的。

我本想带贝泼一块跟我来的,但又想还是让它养伤要紧。并且,如果这正是早上所见的那头怪物,带贝泼来也不见得有很大的用处。

我开始系统地搜索起来。我决定,如果可能的话,找到那头猪怪,消灭它。它至少是个恐怖的怪物!

一开始,我小心翼翼地搜索,心里还惦记着贝泼的伤口,可是几个小时过去了,在那巨大、荒凉的花园里还是没见到一个活着的东西,我变得不那么害怕了。我仿佛感到还有机会见到它,因为想到它可能躲在我已经搜索过的灌木丛中,我觉得随便发现什么东西都要比这寂静好得多。后来我已经不考虑有危险了,把枪管当作棍棒一样在灌木丛中探路。

有时，我大叫一声，但只听到自己喊叫的回声。我以为这样也许可以吓唬吓唬那怪物，让它现身。结果，却把我姐姐给喊出来了，她想知道发生了什么事。我告诉她我见到了伤害贝泼的野猫，我想把它从灌木丛中搜出来。她显得半信半疑，便回屋去了。我不知道她是否见到或猜到了什么事情。整个下午，我一直在彻底搜寻着那个怪物。只要想到那个野兽还在灌木丛中，我就不能入睡。可是，当夜幕降临时，我还是什么也没发现。就在我要回屋去时，我听到右边的灌木丛中传出一声短促的、奇怪的声音。我迅速转过身，往声音传来的方向开了一枪，我立刻听到有东西从灌木丛中仓皇逃走的声音。它快速奔跑一分钟后，就听不见动静了。追了几步后，我停了下来，因为天色越来越暗，再追也是徒劳。我带着一种奇怪的压抑心情，走进屋去。

那一夜，我趁姐姐上床睡觉后，又到各门窗处检查了一番，看看是否关紧。这种谨小慎微对窗户来说，其实没有必要，因为楼下的窗户都被窗棂坚固地保护着。至于门——有五扇——幸亏想到这一点，还没有闩好。

闩好门后，我来到书房，但这地方令我不快，它显得又大又空旷。我尽量静下心来阅读，但还是不能。于是我带着书来到楼下厨房，燃起一堆火，在旁边坐下。

我记得我读了几个小时的书。然后，突然听到一种声音，我放下书，紧张地倾听起来。那是有东西在后门上摩擦的声音。有一次传来很响的门开裂的声音，仿佛在门上又加大了力量。在那一刻，我害怕的心情无法描绘，我自己也无法相信会怕到那个程度。我的手颤抖起来，出了一身冷汗，全身发抖。

慢慢地，我平静下来。门外的动静也平息了下来。

我静静地坐着，警觉着，持续了约一个小时。然后，又突然害怕起来，仿佛有蛇在蠕动，但我却听不到任何动静。无疑有一种难以解释的影响在起着作用。

渐渐地，有一种极细微的东西传入我的耳朵——一种声音，渐渐地变成一种微弱的咕哝声，接着很快变成一种可怕的野兽尖叫声。这声音仿佛从地心深处升起。

我听到"啪"的一声，迷迷糊糊地意识到我的书从手中掉了下去。我只是坐着，然后，日光从厨房间高高的窗户中爬了进来，爬到我的身上来。

随着黎明阳光的到来，我从恍惚恐惧中醒来，渐渐地恢复了意识。

我捡起书本，爬到门口，倾听起来，没有声音打破这令人心寒的寂静。我在那儿站了几分钟，然后，慢慢地、小心翼翼地拉开门闩，打开门，往外窥看。

我的小心是多余的。门外除了一片灰色茂密的灌木丛和树林外，其他什么也没有。

我打了一个哆嗦，关上门，悄悄地上楼睡觉去。

猪 怪

那是在一个星期后的一个晚上。我姐姐坐在花园里编织毛衣,我来回踱着步,读着手中的书。我把枪靠在墙上,枪口朝上。因为自从那个怪物出现以后,我就做了这一明智的防范举措。然而,一个星期过去了,却丝毫不见动静。尽管余惊未了,我却能镇静地回忆当时的情景。

我说过,我正踱着步,沉浸在那本书中。突然,我听到一声东西坠落的声音,是从壕沟那边传来的。我猛然转过身,只见一大股尘埃在夜色中升起。

我姐姐站起来,恐怖地尖叫起来。

我让她待在原地别动,然后操起枪,向壕沟处跑去。快到壕沟时,我听到一阵低低的隆隆声,很快又变成一阵巨大的轰隆声,其中夹杂着坠落声,接着壕沟中又冒出一股尘埃。

那声音停止了,然而灰尘还在不断地冒出来。

我来到壕沟的边缘,朝下望去。除了到处弥漫的灰尘外,什么也看不见。空气中满是尘埃,我无法睁开眼睛,透不过气来,最后,我只得跑开,到一边呼吸空气。

渐渐地,除了地洞口还是淹没在尘埃中外,空气中的尘埃消失了。

我只能在心中猜想这到底是怎么回事。

我想,肯定是某一块土地滑坡了,可又说不出滑坡原因。其实,我已猜到了一半,我曾经想到过那掉下的岩石和在壕沟底部看到的那个怪物。只是在起初的一片混乱中,我没有想到罢了,而这场灾难却由此而生。

直至尘埃慢慢消失后,我又来到壕沟边缘,朝下望去。

有一阵子,我想透过弥漫的尘埃是否能有所发现,可徒劳无益。于是我又睁大双眼,只见在我左边的壕沟下面,有样东西在爬行着。我目不转睛地盯着那东西,很快,又看到了一个,又一个——三个模糊不清的东西似乎正沿着壕沟壁往上爬。我只能依稀地看到它们。就在我疑惑地看着的时候,从我右边传来一阵石头发出的嘎嘎声。我朝发声处望去，可什么也没看到。我又探过身子，朝壕沟底部望去，就在我脚下不超过两码的地方，发现一张可怕的、白色的猪脸。在这张脸的下面，我又看见另外好几张同样的脸。那怪物见到我，突然尖叫起来，洞中其他的怪物也跟着叫了起来。我顿时吓得毛骨悚然，便操起枪，对着怪物的脸射击。一眨眼的工夫，那怪物不见了，身后留下一片滚滚的松泥和石头。

就在一阵寂静声中，我定了定神。因为这时我听到一阵急促的脚步声。我猛地转过身，只见一群怪物在我的枪口下向我袭来。我迅速端起枪，瞄准最前面的开了一枪，只听到一声恐怖的咆哮声，那怪物一头栽了下去。我转身便逃，跑到半路时，看到姐姐正朝我这边过来。由于天色渐暗，我看不清她的脸，可从她大声问我为何开枪的声音中可以听出她的恐惧。

"快跑！"我大声答道，"快逃命！"

二话没说，她转身便跑，双手撩着裙子。我紧跟在后，一边朝后张望。那些畜生用后腿追赶着我们——有时还用上了四只蹄子。

肯定是听到我声音中的恐惧，玛丽才这样飞跑起来的，因为我相信，她根本就没看到那些追赶我们的怪物。

就这样，我跟在姐姐后面跑着。

身后越来越近的脚步声不时地告诉我，那些畜生马上就要赶上我们了。幸运的是，我年轻时经常这样跑来跑去，已有所习惯，现在可起作用了。

我看到了前方黑乎乎的门洞，还好，门开着。我落在玛丽身后约六码处，已是气喘吁吁。这时，什么东西搭在了我肩上。我扭头一看，一个怪物苍白的脸与我的脸近在咫尺。原来，其中一只怪物遥遥领先于它的同伴，几乎要超在我之前。就在我转过头时，那怪兽又想来抓我。我猛地使劲向一边跳去，同时用枪管砸向那肮脏的头颅。那怪物像人一样呻吟了一下，便一头栽了下去。

就在这一会儿的耽搁中，其他的怪物已朝我逼近过来。于是我又立刻朝那门跑去。

我一下蹿入门中，就在跑在最前面的怪兽想冲进来时，我迅速转过身，在惊恐中"砰"地关上门，并上了门闩。

我姐姐坐在椅子中，吓得直喘气，一副要晕过去的样子。可我没有时间去照看她，我必须察看一下所有的门是否都关紧了。谢天谢地，它们都关得紧紧的。我最后来到书房，发现那扇通往花园的门也安全地关着。就在这时，我听到门外有声响，便站在那儿，默默地听着。不错！我能清晰地听到一种低低的声音，是有东西在摩擦窗框时发出的沙沙声。很显然，是一些怪物在用爪子摸索着那门，看看是否有什么地方可以进来。

怪物那么快就找到那门，足以说明它们是有判断能力的。这使我相信，决不能单把它们看成是怪物而已。当初第一只怪物朝窗子里张望时，我就有过这样的想法。认为它是超常的，凭直觉认为它不同于一般的野兽，甚至超出人类，但本性邪恶、凶残。现在，这种想法使我产生了厌恶感。

这时，我想起了姐姐。我来到壁橱边，一手拿着一瓶白兰地和一只酒杯，一手拿着一支点燃的蜡烛，朝厨房间走去。姐姐已晕倒在地，脸朝下躺在那儿。

我轻轻地扳过她的身体，微微抬起她的头，然后往她的双唇间倒了一点酒。不一会儿，她微微颤动了一下，再过一会儿，她喘了几口气，睁开双眼，迷迷糊糊地看了看我，又慢慢闭上了眼睛。我又给她灌了点酒。约有一分钟光景，她默默地躺着，呼吸急促。突然，她睁开双眼，我发觉她的瞳孔在放大，似乎醒过来后她又意识到了害怕。她猛地一下坐起来，这突如其来的动作把我吓得倒退了几步。见她似乎又要晕倒，我便伸出双手想扶住她。见到此状，她大声尖叫了起来，撒腿跑出了房间。

我跪在地上，手里拿着那酒瓶子。我惊呆了，茫然不知所措。

她是怕我吗？不可能的！她为何要怕我呢？我只能认为她受到了惊吓，精神暂时错乱了。楼上传来一声"砰"的关门声，我知道她躲到自己房里去了。我把酒瓶放在桌子上，后门处传来的声响引起了我的注意，我走过去听着。门在抖动着，几只野兽似乎在默默地推着门，但门很牢固，不可能轻易推开。

外面花园里发出一连串声响，不知道的人还以为是一群猪发出的咕哝声和尖叫声。但在我听来，这些猪叫声是有含义的。渐渐地，我发现了这叫声和人类语言的相似之处——有黏性，似乎每个音都是带着困难发出来的。我相信这并不仅仅是一种混杂声，而是思想的迅速交流。

这时，各条走廊里已是漆黑一片。夜幕降临后，这些过道中传出各种各样的叫喊声和呻吟声，使得满屋子都能听到。确实如此，因为在夜幕下，万籁寂静，人们的听觉会更灵敏。而且从理论上说，阴天下雨，气温发生骤然变化，多少会影响房屋的结构，使之仿佛在夜间收缩和下陷。然而这些可能都是真的，尤其是在那个晚上，我要是没听到那些阴森森的声音就好了。对我来说，每一个噼啪声和嘎吱声似乎都表明一只怪物在沿着走廊朝我走来，尽管我明白这是不可能的，因为我亲眼所见，所有的门都紧闭着，屋子里很安全。

慢慢地，听着这些声音，我觉得它们是对我胆怯的挑战。我想，必须再到地下室去兜一圈。一旦出现什么，也要勇敢地面对。然后，回到自己的书房，因为我知道，房子已被那些人不人、鬼不鬼的邪恶家伙包围了，已不可能安心睡觉了。

我从钩子上取下那盏厨房用灯，来到地下室，查遍了一个个地窖、一间间房间、食品室和通道旁的煤洞，然后又察看了构成这幢老屋地下室的许多条死胡同和许多个隐匿处。最后，当我确定已查遍每一个可以藏身的角落之后，我走上了阶梯。

刚跨上第一个台阶，我就停了下来。我听到一声响声，显然是从楼梯左边的食品室传来的。那是我先前察看过的其中一间，然而，我相信我的耳朵没有骗我。我开始紧张起来，不假思索地高举着灯朝食品室的门走去。我把食品室扫视了一遍，除了砖头柱子支撑着的厚重石板外，什么都没有。我想一定是自己听错了，便想离开。刚一转身，只见窗外有两个光点高高地悬在那儿。有好一会儿，我站着不动，看着那两个光点。它们慢慢移动着，同时交替着发出红光和绿光——至少在我看来如此。我终于明白那是一双眼睛。

慢慢地，我发现了其中一个怪物的身影，似乎正抓着窗户的栏杆，挣扎着想往上爬。我高高举着灯，走近那窗子。用不着害怕那些怪物——窗栏杆很坚实，它们不可能挪动。尽管我知道那些怪兽不可能伤害我，可一个星期前那个晚上所经历的恐惧再次向我袭来，使我再次感到无助而战栗。我朦胧地意识到那怪兽的目光正有力地直刺我的双眼。我想转身逃走，但双腿却不听使唤。现在，我似乎是在迷雾中看那窗子。

我觉得又有一双眼睛在盯着我,又是一双,直到我似乎被许多双邪恶的眼睛所困住一样。

我的头开始旋转,心激烈地跳动起来。这时,我感到左手一阵剧烈的疼痛,而且越来越痛,以至于引起了我的注意。我努力地低头望去,这样,刚才困住我的魔力被击碎了。原来,在慌乱中,我的手碰到了灼热的玻璃灯罩,烫到了。我再次抬起头朝那窗子望去。这一次清清楚楚地看到了十几张凶悍的脸。我勃然大怒,举起手中的灯,用力朝那窗子砸去。灯砸碎了一块玻璃,穿过栏杆,朝窗外的花园飞去,同时,滚烫的油向四周泼散开去。我听到几声惨叫声。待我的视力适应夜色时,我发现那些怪物都已逃离了窗口。

鼓足勇气之后,我摸索着朝地下室的门走去,找到门后,又跨上了台阶。我每走一步都是摇摇晃晃的,就像当头挨过一棒一样,头晕晕的,左手也痛得厉害。对于那些怪物,我心中既紧张又愤怒。

来到书房后,我点燃了蜡烛,烛光从旁边墙上的枪架上反射回来。这些枪使我感到,我有力量消灭这些怪物,就像以前我能用它对付一般动物一样。

由于手上的伤越发痛得厉害,我先把伤口包扎了一下,然后朝房间另一边的枪架走去,从中挑了一杆重型步枪——一种陈旧但很管用的武器。带上足够的弹药,我便爬上屋顶的一个塔楼。

在塔楼上，我什么都没看到。花园里只有一些模模糊糊的影子——那黑乎乎的东西可能是些树。除此之外，什么都看不到，而且我知道，朝那片黑暗扫射是无济于事的，唯一能做的就是等待月亮升起，到那时，我也许就可以有所作为了。

我一边静静地坐着，一边聆听着周围的动静。现在，花园里一片宁静，偶尔传来一两声咕哝声或尖叫声。我不喜欢这种宁静，它使我感到沉闷，不知那些怪物会耍什么花招。有两次，我离开塔楼来到屋中巡视，但一切都是静悄悄的。

从壕沟方向曾经传来过一阵声响，好像又有泥土掉落。在这声音之后约莫十五分钟，花园里也有过一阵响动。之后，又是一片宁静。

约莫半小时后，从我坐的地方，穿过那片树林，可以看到远处地平线上出现了月光。可是直到月亮完全升起，我才看清楚下面花园中的一切。到这时，还不见怪物的影子。有一次我无意间伸出脖子，却发现好几只怪物脸靠墙俯卧在那儿，可看不清它们在干什么。这可是个难得的机会，我端起枪瞄准，朝最近的一只开了一枪。只听一声尖叫声，硝烟过后，只见那怪兽仰脸躺在地上，微微抽搐着，很快就死掉了。其他的怪物早已逃得无影无踪。

在这之后不久，从壕沟方向传来一声响亮的尖叫声，随后，花园四处发出无数次的响应声，这响应声使我知道花园中到底有多少只怪兽，我开始觉得，事态比我想象的更严重。

我一边静静地坐在那儿注视着周围的一切，一边想着：怎么会发生这一切的？那些怪物是什么东西？这到底是怎么回事？这时我想起了在寂静平原的幻觉（尽管我至今还在怀疑那是否是一种幻觉）。这幻觉到底是怎么回事？我感到纳闷，还有那竞技场上的怪物？哇，我终于想起了在那遥远的地方所看到的那幢房子。那房子的外观结构和我们现在住的屋子极其相似，说不定是模仿了这屋子，或者是这屋子模仿了它。我以前怎么会从未想到这一点……

这时，壕沟处又传来一声长长的尖叫声，紧接着是一两声短的尖叫声。顷刻间整个花园充满了这种叫声。我"嗖"地站起来，俯瞰着墙外。月光下，所有的灌木丛似乎都活了起来，好像有一股强劲的、不规则的风吹动着它们，使它们向四面八方摇摆着。与此同时，一阵断断续续的喧闹声和零碎的脚步声向我逼近过来。有好几次，在微弱的月光下，我看到几个白色的身影在灌木丛中跑动。于是，我举了两次枪。在第二次枪响过后，传来一声痛苦的尖叫声。

不久，整个花园又是沉静一片。壕沟那边传来一阵低低的、嘶哑的声音，那是猪怪们的交谈声。愤怒的喊叫声不时地划破夜空，随之而来的是许许多多的咕哝声。我突然想起，这些猪怪也许是在讨论如何进入屋子。而且我觉得它们似乎很生气，因为它们被我打中了。

我突然觉得该好好检查一下防范措施了。我立刻行动起来，重新察看了整个地下室，看看每一扇门是否都已关好。幸运的是，像后门一样，这些门都是用橡树和钢铁合制而成的。然后，我又来到楼上的书房。对于书房中的门，我很是担忧。很显然，此门的做工很现代化，尽管材料很结实，但没有其他的门沉重。

我在这儿必须讲清楚，房子的这边有一个小小的、高出地面的草坪，书房的门就是朝这儿开的，而书房的几扇窗户都有栏杆保护着。除了从未开启过的大门外，所有其他的入口都在底楼。

攻 击

有一段时间，我想着如何加固书房的门。我来到楼下的厨房，好不容易把几根重重的横木搬进书房，用钉子从上到下把它们钉在门板上。就这样努力地干了半小时，直到满意为止。

心理上感到轻松些后，我拿起干活时脱下并放在一边的衣服，决定在回到塔楼之前再查看一两处地方。就在这时，我听到有东西在碰门，而且还有试图开门锁的声音。我一声不响地守在一边。很快，我听出外面有好几只怪物，它们在彼此轻轻嘀咕着什么。不一会儿，什么声音都听不见了。突然，传来一阵快速的、低沉的声音，而且，在重力的压迫下，那门发出了吱吱嘎嘎的响声。要不是我刚才钉上去的那几根大横木,它们早就冲进来了。紧接着,门外那些声音都戛然而止,怪兽们的交谈声也听不到了。

不一会儿,有只怪兽轻轻地尖叫了一下,然后是其他怪兽走过来的声音。在一阵短时间的聚谈后,又是一阵沉默。我知道它们又叫来了一些帮手。关键时刻到了,我端着来福枪站在那儿,做好了射击准备。它们如果破门而入,我一定多打死几只。

我再一次听到那低沉的声音,在一股巨大的压力下,门发出了噼啪声,那股巨大的力量持续了约一分钟。我在一边紧张地等待着,密切注视着那门是否会"哗啦"一声倒下来。可是,没有,它还是好好地竖立在那儿,怪物们的企图以失败而告终。紧接着传来更多它们恐怖的嘀咕声,其中,我能听出几个新来者的陌生声音。

它们讨论了很长时间,在这期间,门抖动了好几次。当它们再次静下来时,我知道它们准备发起第三次进攻了。我几乎陷于绝望之中,因为我担心,经过前两次攻击后,那些横木会支撑不住。

一个念头突然出现在我乱糟糟的脑海里。我"嗖"地一声蹿出房间,跑上一层又一层台阶。这次可不是到我原先去的那个塔楼上去,而是来到了屋顶的平台上。我来到平台的矮围墙旁,朝下望去。在这儿,我能听到发出信号的急促嘀咕声,还能听到在重压下门发出的嘎吱声。

不能再耽搁了。我向前倾过身子,瞄准,迅速开了一枪。只听"砰"

的一声，几乎与此同时，传来子弹击中目标的声音。下面顿时传来一阵哭叫声，门的嘎吱声也因此而停止。就在我把探出去的身体从矮墙外缩回来时，一块巨石从我身下滑到了下面乱哄哄的怪兽群中。好几声恐怖的怪叫声刺破了夜空，紧接着传来一阵疾逃的脚步声。我小心翼翼地朝下望去，只见在月光下，那块大石头正好躺在屋门口。我还看到石头底下压着什么东西——而且不止一样东西，是白色的，但是，我又不能十分肯定。

就这样，几分钟又过去了。

就在我看着下面的时候，从屋子的阴影中走出一个影子，那是一头怪物。只见它悄悄地朝那石头走去，然后弯下腰，我看不清它在做什么。不一会儿，那怪兽站直身子，双爪拿着什么东西，并且把那东西送进嘴巴，开始撕啃起来……

我一时搞不清它在干什么，可慢慢地，我明白了。只见那怪兽再一次俯下身体，真可怕。我开始往枪中装子弹，当我再次望去时，那怪兽正在拖那石头，想把它拉到一边去。我把枪斜搁在矮墙上，扣动扳机。那怪兽应声仰面倒下，四肢微微抽动着。

几乎就在我枪响的同时，我听到了另一种声音——砸玻璃窗的声音。我给枪重新装上子弹，然后爬下屋顶，来到下面一层楼。

我停止脚步，听着。传来又一声玻璃落下时的"叮当"声，而且，像是从下一层楼传来的。我激动地朝楼下走去，循着窗框发出声音的地方，来到屋后一间没人住的卧室门前。我推开房门，一小部分月光射进了房中，而大部分月光被窗外走动的身影遮挡住了。就在我站在那儿的时候，一个身影通过窗框从外面爬了进来。我举起枪，随便开了一枪，房中传出震耳欲聋的声音。待烟雾消失后，我发现房中那怪物已经逃走，而且窗子外面的身影也消失了。房中比原先明亮多了，一阵冰冷的夜风透过被砸烂的窗框吹了进来。夜幕中，楼下传来一声轻轻的呻吟声以及猪怪的嘟哝声。

我来到窗子一边，给枪装上子弹，等待着。不久，传来一阵杂乱的脚步声。因为我站在阴影中，所以我可以看到别人，别人却看不到我。

脚步声离我越来越近。不一会儿，只见一样东西爬上窗台，并试着想抓住被砸坏的窗框。它终于抓住了一根木框。现在我可以看清楚了，那是一只手和手臂。不一会儿，一张猪脸映入我的眼帘。我还没来得及举起枪，便听到一阵刺耳的噼啪声，那窗框被猪怪用力折断了。紧接着是"砰"的一声和喊叫声。一定是那猪怪摔到地上了，也许摔死了。我来到窗口。此时，月亮已躲到云层背后，我什么也看不清。然而，就在我站着的楼底下，传来一阵不断的哼哼声，那声音告诉我，楼下附近有不止一头猪怪。

我站在那儿，注视着下面，搞不清那些怪物是怎么能爬那么高的，因为那墙壁很光滑，这层距离地面至少有八十英尺高。

我弯腰向楼下望去，在墙边的灰色阴影中，我依稀看到一条黑线。那黑线从窗子左边约两英尺处经过。这时，我才想起，那是根排水管，是几年前装上去排雨水用的。我把它给忘了，现在终于明白怪物们为何能爬上窗台了。就在这时，传来一阵低低的滑倒声和抓擦声，又一头猪怪爬了上来。我思索了一下，然后将身子探出窗外，用手去抓那排水管。令人高兴的是，那排水管装得并不牢固，我试着用枪托迅速把它从墙上撬松，然后双手抓住排水管，用力甩动，并向下面的花园用力掷了出去——而那猪怪还紧紧地抓着排水管。

有好一会儿，我守在那儿，注意听着下面的动静，但除了摔下去时发出的喊叫声外，没有听到其他声响。我知道，现在再也不用害怕会有什么攻击了。我已解决了爬上窗台的唯一途径，而且其他窗子旁没有可供怪兽们爬上来的排水管，所以，我对摆脱这些怪兽的魔爪有了更足的信心。

我来到楼下的书房，急于想看看在怪兽们再三攻击下的书房门是否牢固。一进书房，我便点燃两支蜡烛，然后转身向门走去。只见其中一块大横木已被撞得有所松动，那儿的门已往屋里挪进了约有六英尺。

我及时把怪兽赶走，真是天助我也！还有那块墙顶上的石头！我依稀记得那块石头是如何掉下去的。开枪时,我并不知道那石头已有所松动。我站起来时,它就从我身下滑了下去……我想应该把驱散怪兽攻击的功劳归于那块石头的及时下落,而不是来福枪。应该利用这一机会重新把门钉牢固。显然,那石头掉下去后怪兽们没有回来过,但谁能保证它们什么时候会再回来呢?

说干就干,我开始努力而紧张地修理那门。首先,我来到地下室,四处寻找,找到好几块沉重的橡木板。然后再把那几根横木牢牢地钉在门脚。

就这样,书房的门比原先要牢固多了,因为门背后又加了木板。我相信,它一定能承受住比以前更大的压力,再也不会松动。

钉好门后,我点亮了从厨房带来的那盏灯,然后来到楼下,看看那儿的窗是否关紧了。

我亲眼看见了怪兽的巨大力量,所以很担心底楼的窗子,尽管它们有坚固的栏杆。

我首先来到食品室,不久前在这儿发生的险情仍然历历在目。这儿很冷,飒飒的寒风从玻璃窗中吹进来,使人觉得阴森森的。这儿还是跟前一天晚上我离开时一样黯淡阴沉。我来到窗边,仔细查看每一根栏杆,看到每一根粗粗的栏杆,我心里感到一阵安慰。然而,我觉得中间那根似乎有些弯曲了。不过问题不大,也许多年来一直是如此的。

以前我从未特别留意过它们。

　　我把手伸过破碎的窗子,摇晃着那根栏杆,只觉得它坚如磐石。也许怪兽们已试过,发现无能为力时,才罢休的。我又逐个仔细检查了其他窗子,并没有发现什么问题,于是回到书房中,倒了点白兰地,然后回到塔楼去了。

攻击之后

现在将近凌晨三点钟。不久,随着黎明的到来,东方开始发白,天色渐渐明亮起来。我仔细搜视着整个花园,但不见怪兽的任何踪影。我向外探过身子,朝墙脚望去,想看看昨晚被我打死的那头怪物是否还在。什么也没看到,也许其他怪物乘着月色把它搬走了。

我又来到屋顶,走到那块石头掉下去后留下的裂缝旁,朝下望去。那石头还在,和我当初看到时一个状态,但下面没有压着什么东西,我也看不到石头掉下去后被我杀死的那几只怪物的尸体。显然,它们也被搬走了。我转身回到楼下的书房。坐下后,觉得有点累了,真的很累了。现在,天色大亮,尽管还感觉不到太阳光的炎热。钟敲了四下。

我猛地惊醒过来，急忙扫视周围。角落里的钟表明现在是三点钟。已是下午了，我一觉睡了将近十一个小时。

我"呼"地一下在椅子中坐直，听着周围有没有什么动静。屋子里一片寂静。我慢慢地站起来，打了个哈欠。实在太累了，我再次坐了下去，心里却琢磨着是什么东西把我惊醒了。

我很快得出一个结论：肯定是钟的报时声。我又开始打起瞌睡来，一个突然的声音再次把我惊醒，是脚步声，好像有人正小心翼翼地沿着走廊朝书房走来。我猛地站起来，抓起枪，屏住呼吸，等待着。难道是我睡着的时候怪兽们进屋来了？这时，脚步声来到门外，停了一会儿，继续沿着走廊走去。我蹑手蹑脚地来到门口，朝外望去，顿时像被判缓刑的罪犯一样，松了一口气，原来是我姐姐，正在朝楼梯走去。

我来到大厅内，正要喊她，突然觉得不对劲：经过我房门时她为何这样鬼鬼祟祟？我感到不解，随即产生一个念头，她不是我姐姐，而是新来的某位姑娘。可是，当我看到她那条旧裙子时，这念头即刻就消失了，并觉得有些好笑。那条旧裙子是千真万确的，然而，她在干什么呢？想到她昨天的情景，我觉得最好悄悄地跟在她后面，不要惊动她，看看她到底想干什么，如果合情合理，还好，否则的话，我必须制止她。在眼前这种情况下，我必须慎重。

我很快来到楼梯口，在那儿停了一会儿。一个声音使我迅速跳下楼梯——那是打开门闩的声音，我那愚蠢的姐姐正在打开后门呢。

就在她的手放在最后一个门闩上时，我来到了她身边，她并没有看到我，只知道她的手臂被我抓住了。像一头受惊的动物一样，她迅速抬起头，尖叫了起来。

"别叫，玛丽！"我厉声说道，"你这么胡来是什么意思？你是不是想告诉我你并不知道有危险，想用这种方式断送你我的性命？"

她不作任何回答，只是一个劲儿地哆嗦着，喘着气，抽泣着，似乎处在极度的恐惧中。

我给她讲道理，告诉她应该小心为妙，并要她勇敢些。我说现在不用害怕了——我尽量相信自己说的是事实——但她一定要保持理智，最近几天不要到屋子外面去。

最终我还是绝望了，跟她说这些根本就没用。显然，目前她并不能控制自己。最后，我告诉她，如果她不能保持理智的话，最好还是回到自己房中去。

她还是不听我的话。我也不想再费唇舌，便抱起她，朝她房间走去。一开始，她发疯似的地尖叫着，但待我爬上楼梯时，她便不叫了，只是颤抖着。

来到她房中后，我把她放在床上。她静静地躺着，不哭也不闹——只是一个劲地打着寒战。我从椅子上拿过一条毯子，盖在她身上。见她不要紧了,便来到贝泼睡觉的大篮子旁。由于贝泼的伤比我想象中的更严重,所以自从它受伤后,就由我姐姐负责照料它,我高兴地发现,尽管我姐姐脑子不太正常,但她能悉心照顾好这狗。我蹲下身跟贝泼说着话,它虚弱地舔了舔我的手,以作回答。贝泼只能这样回答我,因为它病得太重了。

我回到床边,俯下身子问我姐姐感觉如何,但她颤抖得更厉害了。尽管我觉得很痛苦,但我不得不承认,我的出现似乎使她的情况显得更糟。

我要离开这儿了,我锁上门,把钥匙放进口袋里。这似乎是唯一的办法了。

在这一天剩下的时间里,我一会儿来到塔楼上,一会儿又回到书房中。至于吃的,我从食品室里拿了一个面包,再加上些红葡萄酒,就这样把这一天打发过去了。

多么冗长、多么令人疲乏的一天啊!如果能像往常一样到花园中去,我一定会非常知足的。但是,被困在这死气沉沉的屋子里,和一个疯女人和一条病狗为伴,简直是一种精神折磨。而且我可以肯定地说,那些恶魔般的猪怪就隐藏在屋外枝杈丛生的灌木丛中。我想,恐怕不曾有人陷入过像我这样的困境吧。

那天傍晚时分,我又去看过姐姐两次。第二次去时,她正在照看贝泼，但一看到我，就战战兢兢地躲到一边的一个角落，那种悲戚的样子简直令人无法相信。可怜的姑娘！我再也不忍心看到她那种样子了，我再也不强迫她了。我相信，几天之后她会恢复正常的。在此期间，我也无能为力。而且我认为有必要再把她关在室内，尽管这样做似乎有点残忍。不过，有件事给了我一点宽慰：她吃了我第一次去看她时带去的食物。

这一天就这样过去了。

夜幕快降临时，天气变得寒冷起来。我开始准备在塔楼上度过第二个夜晚——又加了两支步枪，添了一件大衣。我给那两杆枪装上子弹，放在原来一支的旁边。我想让可能在夜间出现的怪兽尝尝枪的厉害，我有的是子弹，想教训教训它们，让它们明白，它们的强行攻击是没有用的。

一切准备就绪后，我再一次巡视了整个屋子，尤其是支撑书房门的几根横木。认为安全已不成问题时，我回到了塔楼。路过时顺便又看望了一下我姐姐和贝泼。贝泼已经睡了，我进去时，它醒了过来，一见是我，就晃动起尾巴来，样子似乎比原先有所好转。我姐姐躺在床上，不知是否已经睡着。我离开了他们。

回到塔楼，我尽量为自己安排得舒服些，静下心来，准备彻夜不眠。夜色渐渐暗了下来，很快，花园中的一切都被夜色所笼罩。开始的几个小时里，我警觉地坐在那里，聆听着下面是否有什么动静。在漆黑的夜幕下，我的双眼已不管用了。

时间慢慢地流过，一切正常。月亮升起来了，照亮着空荡荡的、一片寂静的花园。整夜就这样无声无息地过去了。

由于一夜未眠，天亮时，我感到身体僵硬，并有一些寒意。而且，怪物一直毫无动静，我开始不安起来。我不相信它们会就此罢休。希望它们能很快公开进攻这屋子，这样的话，至少我知道自己有危险，并能勇敢地面对。但是，就这样整夜等待着，脑子里想象着多种说不清的怪象，简直是一种精神折磨。有一两次，我脑子里闪出这样的念头，怪物们也许已经离去，可是我心底里却认为这是不可能的。

地下室

　　我又累又冷,心里焦躁不安。于是,我决定在整个屋子中走走,先到书房去喝杯白兰地暖暖身子。我这样做了,还仔细检查了那扇门,发现它和我昨晚离开时没什么两样。

　　我离开塔楼时,天刚破晓,屋子里还是太暗,没有光亮什么都看不清,所以我从书房中拿了支蜡烛来照明。待我察看完底楼时,苍白的阳光透过窗子的栏杆射进屋里。我并没发现什么新情况,一切都很正常。正要吹灭蜡烛的一瞬间,我突然想再到地下室去看看。如果我没记错的话,我上次去那里还是在受到攻击的那个晚上。

　　我迟疑了约半分钟,我本该先到地下室去的——事实上,我想每个人都会这样做的——因为在这幢房子里所有巨大得令人恐惧的屋子中，地下室的屋子最大最奇特，都是些黑暗的大洞穴，不见半点阳光。但我不会因此而避开它。我认为这样做可以消除胆怯，而且，就像我自我安慰的一样，地下室真的是最最安全的地方——怪兽们唯一能进去的地方就是那橡树门，但门上的钥匙一直带在我身上。

我放酒的地方是地下室最小的一间，也就是地下室楼梯旁的一个昏暗的洞里面。除这儿外，我几乎没有到过别处，事实上，除了前面说到过的寻找木板外，我怀疑自己以前是否到过地下室的每一个屋子。

我站在台阶上，打开那扇大门，一股因无人居住而产生的怪味直冲我的鼻孔。我紧张地停留了一会儿，然后，端着枪，慢慢地向地下室走去。

到了最低一个台阶，我停住脚步，聆听着。除了我左边什么地方有一滴一滴的滴水声外，没有其他声响。站着的同时，我注意到蜡烛燃烧得很平稳，火焰一动不动，说明这儿没有一丝风。

我悄悄地从一间屋来到另一间屋。对于这儿的布局，我只有一个模糊的概念，第一次到这儿来找木板的印象也是模模糊糊的。只记得一个接一个的大地窖，其中最大的一个地窖的顶是用好几根柱子支撑着的。除此之外，我头脑中是一片朦胧，只记得那儿又冷又暗。可现在的情况已有所不同，尽管我很紧张，可我还能看清楚周围的一切。

我发现自己来到了结构不同、大小各异的地窖中。

当然，光靠手中蜡烛的光亮是不可能详细检查每个地方的。可是我注意到，所有的墙壁都造得很细致，但不时地看到有一根巨大的柱子支撑着地窖的顶部。

最后，我朝那个记忆中的大地窖走去。那儿有一个巨大的拱形入口处，我在上面发现了一些奇怪的雕刻。在我手中蜡烛的照耀下，投下奇怪的影子。我站在那儿仔细查看着，突然觉得真是太奇怪了，我居然对自己的房子知之甚少。可很快就明白：这是幢老房子，就我和姐姐两个人住，根据我们各自的需要只住了几个房间。

我高举着蜡烛，进入地窖门，然后靠右边，慢慢朝前走着。一直来到地窖的另一端。我一边轻轻挪动着脚步，一边仔细地环顾着周围。在蜡烛光所及之处，我并未发现有任何异常情况。

走到底时，我向左拐，然后还是靠近墙壁向前走，直到把这个大地窖兜了一圈。在这个过程中，我发现地板是用坚固的岩石铺成的，有些地方长出了湿漉漉的霉，而有些地方只是覆盖着薄薄一层浅灰色的灰尘。

我已经站在地窖的门口。然而，我转过身，朝地窖的中间走去。穿梭在几个柱子中间时，还不时地向左右张望着。走到一半时，我的脚被什么东西绊了一下，那东西发出一种金属的响声。手中拿着蜡烛，我迅速弯下腰，发现我踢到的东西原来是一个大金属环。我把身体弯得更低，除掉金属环周围的灰尘，立刻发现金属环连在一扇活门上，由于天长日久，活门的颜色已经发黑。

我一下子激动起来，不知此门通向何方。我把枪放在地上，将蜡烛卡在扳机中间，双手抓起那环，用力拉着。那沉沉的活门发出吱吱嘎嘎的响声——在这偌大的地方，发出一种低低的回声——最后被打开了。

我跪着伸手拿起蜡烛，在门口左右晃动着，但什么都没看到。我感到不解和惊奇。这儿没有台阶，也没有曾经有过台阶的痕迹。什么都没有，只是黑乎乎的一片，也许这只是口无边无底的井。就在我满怀疑惑地注视着这黑乎乎的洞口时，从那不知有多深的洞底传来一阵微弱的低语声。我迅速将头伸进洞口，仔细听着。可能是幻觉，可我发誓确实听到了，先是低低的痴痴的笑，而后是一种可怕的狂笑，只是很低很遥远。我惊骇地往后退去，"砰"的一下关上活门，地窖里发出一声空洞的回音。甚至那时候，我似乎还能听到那嘲弄般的、能引起联想的笑声，但我想那肯定是一种幻觉。因为那笑声太轻了，不可能穿过那笨重的活门。

足足一分钟，我站在那儿瑟瑟发抖——前后左右紧张地张望着，宽大的地窖死一般的寂静。渐渐地，我克服了害怕的心理。待稍微镇静些后，我又在想那活门下面到底是什么。可那时我还没有足够的勇气去作进一步的调查。但有一件事我知道，必须把那活门堵死。刚才在沿着东墙走路时，我看到有好几块大石头，便把它们搬来压在了活门上。

对剩下的地方仔细查看过后，我再次穿过好几个地窖，爬上台阶，来到楼梯口，来到日光下，轻松地舒了口气——这件令人不安的事终于办完了。

等　待

　　此时，地面上已是阳光明媚，暖气融融，与阴沉的地下室形成鲜明的对比。我心情轻松地爬上塔楼，俯视了一下花园，那儿一切都是静悄悄的。过了一会儿，我便下去，来到玛丽的房间。

　　我敲了下门，里面有人回答后，我便推门进入。姐姐正安静地坐在床上，似乎在等待着什么。她看上去已恢复正常，我向她走过去时，她并没有做出想离开的举动，也没有露出害怕的样子，只是疑惑而焦虑地扫视着我的脸。

　　我问她感觉如何，她很清醒地回答说肚子饿，如果我不介意的话，她想下去做些早餐。我思考着她这样做是不是安全。最后，我告诉她，说她可以这样做，只是必须答应不能离开这屋子，也不能去碰任何一扇门。我一提到那些门，她脸上马上掠过一丝恐惧，但她什么也没说，答应我的要求后，默默离开了。

我来到贝泼身边，我进来时它就醒了。但它只能高兴地、轻轻地叫一声，微微晃动了一下尾巴。我拍了拍它，它便试着站了起来，可又摔倒了，并发出痛苦的叫声。

我叫贝泼躺下别动。见它伤势有所恢复，我很高兴。同时也为姐姐在自己脑子不正常的情况下能悉心照顾它而感到高兴。过了一会儿，玛丽端着一盘热腾腾的早餐过来。来到房中，看到支撑房门的木柱子，她咬紧着嘴唇，脸色有些苍白，但那样子很快就过去了。把盘子放在我手边后，她便一声不响地走开了。我叫住她，让她回来，她似乎有些胆怯，又像是吃惊，双手紧张地捏着系在腰间的围裙。

"来，玛丽，"我说道，"轻松点！没事了。从昨天一早到现在，我还没见到过任何怪物。"

她迷惑地看着我，一副不解的样子。接着，她的眼神告诉我她明白了，但从中我也能看到恐惧。她没说话，只是嘟哝了一下，算是在应付我。我没做声，很显然，一提到那些猪怪，她就会紧张得受不了。

吃过早饭后，我回到塔楼上。这一天的大部分时间我都待在那儿，密切注视着花园里的动静。有一两次，我下去看望姐姐，每次都发现她很安静,而且出奇的温顺。第二次去看她时,还是她主动怯生生地跟我谈话,说是要料理些家务事。尽管如此,我还是很高兴。因为,自从那次她想开门后到现在,这是她主动说出的第一句话。我不知道她是否明白自己在说些什么,不知道她要做的事离这儿近不近。我克制住自己不去问她这些问题,心想,还是不问为好。

那晚,我在床上度过了一夜。这是两个晚上以来的第一次。第二天一清早我便起床了,在屋子中兜了一圈。一切都很正常,我又来到塔楼,看看花园中的情况,那儿也是一片宁静。

吃早饭的时候,我很高兴见到玛丽已经完全恢复了自我。她能很自然地跟我说话,反应快而且很平静,只是小心翼翼地避免提及前两天所发生的一切,对于这一点,我也迎合着她,尽量避开这样的话题。

一大清早,我就去看贝泼。它的伤势恢复得很快。再过一两天,它的腿也能恢复自如了。离开餐桌前,我对玛丽说贝泼的伤势有所好转。从跟她简短的谈话中,我惊奇地发现她仍然说贝泼是被一只野猫弄伤的。可那是我编出来的,我为自己骗了她而感到羞愧。然而,我这样做纯粹是为了不让她害怕。我还一直以为,当那些怪兽袭击这屋子时,她已经知道真相了呢。

一整天,我一直保持着高度的警惕,守在塔楼上,就像前两天一样,可并没有发现猪怪的一点动静。有好几次我都认为猪怪已经离去,可我都没有真正接受。直到现在，我觉得应该是满怀希望了。从第一次见到怪物到现在已经快要三天了，可我认为应该保持高度警惕。这种拖延时间的沉默也许是想把我从屋子里引出来，进入它们的魔爪。

第四天、第五天、第六天就这样悄然而过。而我,没离开过屋子半步。

第六天，我高兴地见到贝泼能站起来了，尽管它还是很虚弱，但它一整天都陪着我。

搜索花园

时间过得真慢，没有一丝迹象表明怪兽还在花园中。

终于到了第九天，我决定冒险了——来个突然出击，看看怪兽到底还在不在花园里。决定以后，我给一支猎枪仔细地装好子弹——这种枪在近距离内比来福枪威力更大。从塔楼上仔细查看过地面情况后，我让贝泼跟在身后，朝楼下走去。

到了门口，我迟疑起来。灌木丛中等待我的是什么？这一念头削弱了我的决心，但只有一瞬间。我拉开门闩，跨出大门，站在屋外的路上。

贝泼跟在我身后，在台阶旁它停下来，警惕地嗅了嗅，然后用鼻子上下闻了闻门两侧的柱子，似乎在追踪着什么气味。突然，它猛地转过身，围着门来回走动。最后来到门槛旁，再次到处嗅着。

我一直站着，观看着贝泼，同时，还注意着我周围茂密的树林。现在，我来到贝泼旁边，蹲下，查看它正在闻着的门表面，只见木板表面满是抓痕，一层又一层。门的边框也有好几处被啃过的痕迹。除此之外，没发现其他迹象。我站起来，开始查看墙壁。

见我离开，贝泼"嗖"地跑到我前面，并且一边跑一边用鼻子嗅着。有时候，它会停下来查看。一会儿是一个子弹洞，或一点火药粉末，一会儿又是一小块草皮，或一段杂草丛生的小径。除了这些外，没有其他发现。与此同时，我密切注视着它，它的举止告诉我附近并没有怪兽。我自己也肯定至少目前那些可恶的怪兽并不在花园中。贝泼聪明机智，任何蛛丝马迹都逃不过它的鼻子，即使有危险，它也会通知我，所以我很放心。

在第一只被我开枪打死的怪物那里，我停下脚步，仔细查看起来，但并没发现什么。我又来到那块滚落下来的石头旁，它已被推向一边。很显然，是那只想吃同胞后来被我打死的畜生干的。在靠近我一端右侧两英尺处，有一个很大的凹痕，表明这儿是石头的下坠处，石头的另一端仍然陷在凹痕里，一半露在外面，一半埋在土里。我走得更近一些，以便更仔细地查看。多大的一块石头啊！而那猪怪居然只用一个爪子就把它推开了。

我绕到石头的另一端。从这个角度，可以看到石头下面，那凹痕约有两英尺深。令人吃惊的是，我看不到任何怪物被压死的痕迹。前面我已说过，当时我就猜想那些尸体已被转移。但令人不解的是，怪物们居然干得那么干净利索，石头底下看不到任何死亡的迹象。我明明看见好几头猪怪被压在石头底下，那力量足以使它们陷入土中。可现在，看不到一点它们的痕迹，甚至连一滴血迹都没有。

我越想这个问题，就越觉得纳闷，就是想不出一个合理的解释。最后，只好不去想它，把它作为一件不可解释的事情。

我把注意力转到书房的那扇门上。现在，我可以更清楚地看到这扇门经受到了多大的破坏，同时也为它能抵抗住这么大的攻击而惊叹不已。门上没有被敲打过的痕迹，但上面的铰链确实被那股巨大而无声的力量扯裂了。有一样东西令我震动更大——一根横木的一端穿过了门板，这足以说明猪怪们尽了多大的努力想推开这扇门，而且几乎就要成功了。

离开这儿，我来到房子周围的其他地方察看，但没发现什么异常。只是在屋后，看到那根被我从墙上震下来的排水管，压在一个破窗子下，横躺在高高的草丛中。

最后，我回到屋里，重新闩上后门，来到塔楼上。整个下午我就在那儿看看书，偶尔扫视一下下面的花园。我已决定，如果今晚没事的话，翌日我就要到壕沟那儿去，也许在那儿我可以有所发现。白天很快过去，夜幕降临了，而今晚跟以往几个晚上一样，并没发生什么事。

我起床时，天已破晓，是个晴朗的好天气。我决定开始行动，我边吃早饭，边仔细地思考着。吃罢早饭，我回到书房去拿猎枪。另外，我给一支最小却沉甸甸的手枪装上子弹，塞进口袋。我很清楚，如果有危险的话，肯定是出在壕沟处，所以我必须做好准备。

离开书房，我下楼来到后门，贝泼跟在我身后。一跨出屋门，我迅速扫视了一下周围，然后向壕沟方向出发。一路上，我保持着警惕，手中紧握着枪。贝泼跑在前面，没有什么异常举动，所以我敢肯定，目前没有什么危险，于是便加快了脚步。这时，贝泼已爬上壕沟，正在用鼻子沿着边缘嗅着。

不一会儿，我便来到贝泼旁边，朝壕沟下面望去。我简直不敢相信，这就是原先的那条壕沟——因为有了巨大的变化。两个星期前，这儿是一个树木茂盛的阴暗峡谷。茂密的树木下，缓慢地流淌着一条溪流。可现在，我看到的是一个乱七八糟的深坑，里面是些混浊的黑水。峡谷一边的矮树丛已被拔掉，露出光秃秃的岩石。

我左边不远处，壕沟的一侧已全部塌毁，在峭壁表面形成一个V形裂口，因而也能看到里面的岩石。这一裂口从峡谷的上方几乎一直延伸到水面，穿过壕沟的侧面，约有四十英尺的距离。裂口的最大直径至少有六码，然后逐渐缩小至约两码。可是，比这巨大裂口更吸引我的是一个大洞，正好处在V形的下角处。洞口的轮廓很清楚，成圆拱形，尽管它处在阴影中，但我看得很清楚。

壕沟的另一边还留有一些绿叶，但有些地方的树叶也已被扯掉，加上到处是灰尘和垃圾，难以辨别出它原来的样子。

一开始，我想，这儿有过泥土滑坡。但后来觉得，泥土滑坡不足以带来这么大的变化。还有那水？突然，我转过身，从右边的什么地方，听到了流水的声音。尽管我什么都看不到，但可以轻易地辨别出，那声音来自于壕沟的东端。

我慢慢地朝那方向走去。我走得越近，流水声就越发清楚。不一会儿，我便来到那发出水声的上方。我还是搞不清是怎么回事，便跪下，探出头去看个究竟。水声越发清楚了。就在我脚下，从壕沟边的一个小裂缝里，流出一股清澈的水柱，流过岩石，向下面的一个湖直泻而去。沿着壕沟不远处，又是一个流着水的裂缝，除此之外，还有两个小裂缝，都流淌着水。怪不得壕沟里水量如此充沛。倒塌的岩石和泥土一旦堵住了溪流的出口，毫无疑问，沟里的水一定会出现许多支流。

然而，我还在苦苦思索着这儿发生的巨变——这些分支溪流，那个大裂口，还有峡谷上面发生的异象。我认为，泥土滑坡不足以说明这一切。这种情况只有地震或者大爆炸后才有可能出现，可这儿并没有地震或爆炸。这时，我想起了那次听到的巨大坠毁声和随之升入空中的滚滚尘埃。可我不相信地摇了摇头。因为我听到的肯定是岩石或泥土落下时所发出的声音，自然就会尘土飞扬了。我尽管这样想着，可总觉得不安，是不是发生了其他类似的事呢？在我查看的时候，贝泼就坐在草地上。现在，见我转身朝峡谷的北边走去，便起身跟了过来。

我沿着壕沟慢慢地兜了一圈，仔细查看着周围，但并没有别的发现。在壕沟的西面，我只看到四个奔流直泻的瀑布。从下面的湖面到这儿，约有五十英尺的距离。

我在那儿又徘徊了一段时间，还是没有发现什么可疑之处。除了壕沟一段发出淙淙的流水声外，这儿非常宁静。

整个过程中，贝泼一直很安静。因此我认为这附近暂时没有猪怪。只见它不时地用爪子抓着，或用鼻子闻着壕沟边的草丛。有时，它会离开壕沟，似乎沿着一条看不见的踪迹，一路朝屋子跑去。几分钟后，便又跑回来。我想，它是否真的发现了猪怪的踪迹。它每次这样跑回来使我觉得那些怪兽已回到它们来的地方去了。

中午时分，我回屋子吃饭去了。下午，在贝泼的陪伴下，又对部分花园进行了巡查，但并没发现一点蛛丝马迹。

有一次，我们正行走在灌木丛中，贝泼突然大叫一声，"嗖"地窜入一束灌木丛里。我被吓了一跳，举起枪，做好战斗准备，结果是一场虚惊。我哈哈大笑起来，原来它是在追赶一只猫。快到天黑时，我停止搜寻，回屋子去了。就在我们经过右边一个大灌木丛时，贝泼突然不见了，从那灌木从中传来它的怒吼声。我用枪杆撩开枝叶，朝里走去，里面什么都没有，只是许多树枝已被压弯和折断，像不久前有什么动物到这儿来躲藏似的。我想，也许是袭击那晚猪怪们到这儿来过。

第二天，我继续搜查花园，但毫无结果。到晚上，我已把所有的花园都查遍了。这时，尽管心里有着疑惑，但我觉得，猪怪不可能藏在花园里了。事实上，我一直认为自己原先的推测是对的：自从那晚的袭击后，它们就离开这儿了。

地　洞

又一个星期过去了，在这期间，我有好多时候都待在壕沟口。几天前，我得出一个结论：怪兽们来自地心深处某个邪恶的地方，它们就是通过裂缝处的那个拱形洞口找到出口的。这和我以后了解的几乎一模一样。

我尽管很害怕，但还是非常想知道那个可怕的洞穴通往何处。可目前，我还不想去知道，因为猪怪给我带来的恐惧实在太大了，我还不想去冒险。

然而，随着时间的推移，这种恐惧感在不知不觉地减少。所以，几天后，我脑海中突然冒出一个念头：我也许可以下洞去打探一下。

但即使这样想,我也许并不真的想去冒这种愚蠢的危险。因为我知道,进入这阴森森的洞口就意味着死亡。然而,人的好奇心就是这样顽固。我至少想知道,那阴森可怕的洞里到底有些什么。

慢慢地,随着日子一天一天地过去,我对猪怪的恐惧也日渐消失。只剩一些不快的、令人无法相信的记忆。

那一天终于来到了。我抛开一切杂念,从屋里找了根绳子,一头牢牢系在裂口上方壕沟边的一棵大树上,另一头垂到洞口。

我是否疯了?就这样,我揣着一颗惴惴不安的心,顺着那绳子慢慢滑下去。到了洞口,我还是紧抓着绳子,朝洞里张望。里面一片漆黑,听不到半点声响。不一会儿,我似乎听到了什么,于是屏住呼吸听着,可洞里死一般的寂静。我便自由地呼吸起来,可与此同时,我又听到了什么,像是一种艰难的喘气声——深沉而刺耳。我一下子站起来,吓呆了。这时,那声音又停止了,我什么都听不到。

我紧张地站在那儿,一只脚踩到了一粒石子。那石子朝漆黑的洞中滚去,发出一阵空洞的"叮当"声。一时间,洞里发出了一连串回音,一个比一个微弱,一直传向远处。当一切恢复宁静后,我又听到了那神秘的喘气声。我每呼吸一次,就能听到一次回音,而那声音似乎离我越来越近。不一会儿,又传来好几个这样的声音,但更微弱,更遥远。我自己也搞不清楚当时为什么没有沿着绳子往上爬,我吓得不能动弹，直冒冷汗，不时舔着嘴唇，喉咙一下子干燥起来，沙哑地咳嗽起来。洞里也传出一连串恐怖的咳嗽声，像是在嘲笑我一样。我无助而艰难地朝黑暗中看去，还是什么都看不到。我感到一阵莫名的窒息，又干咳起来。洞里又传出一阵回音，忽高忽低，然后慢慢地消失。

我突然想起了什么，便屏住呼吸。另一个呼吸声也停止了。我又开始呼吸，又听到那另一个呼吸声。现在，我再也不害怕了，因为那奇怪的声音并不是哪个躺在暗处的猪怪发出的，而是我自己呼吸的回声。

尽管如此，我还是心有余悸，便抓住绳子爬到上面，回屋去了。第二天，我感觉稍微好些了，但再也没有勇气去探测那个洞。

这时，壕沟里的水位在渐渐上升，离那洞口近在咫尺了。水位以这样的速度上升，用不了一个星期，水就会溢到地面上来，而且，我知道，除非马上探测那洞，不然以后再也没有机会了。因为随着水位的增高，那洞马上就会被淹没。

也许就是这种想法使我马上行动起来。不管怎么说，几天后，我全副武装地站在了裂口处。

这次，我下定决心不再害怕，要完成探测任务。所以，除了那根绳子外，我带上了一捆蜡烛——以作照明之用，那杆双筒猎枪，腰间还插着一把装上大型铅弹的手枪。

像上次一样，我把绳子的一端系在那棵树上，用另一根结实的绳子把猎枪绑在肩上后，我朝壕沟下面爬去。见我如此，一直在一边仔细注视着我的贝泼站起来，边叫边摇着尾巴，朝我跑过来，似乎在提醒我什么。但我去意已决，叫它躺下别叫。要不是环境不允许，我很想带它一起去。当我的脸和壕沟平行时，贝泼在我脸上舔了一下，然后咬住我的一个袖口，用力往后拉着。很显然，它不想让我进去。但是，我已下定决心，不想放弃。为了放松自己，我狠狠骂了贝泼一顿，然后向下滑去。可怜的老贝泼在上面叫喊着，就像被遗弃的小狗一样。

我踩着一个个突出部位，小心翼翼地往下滑去，我知道，我一滑倒就会全身湿透。

来到洞口，我放开绳子，并解开捆住猎枪的绳子，把枪从肩上卸了下来。我抬起头，最后瞥了一眼天空，天上满是云层，然后，为了躲开风，朝前走了几步，点燃一支蜡烛。我一边高举着蜡烛，一边紧握着枪，双眼注视着周围，慢慢向前移动。

刚开始时，我能听到头顶上贝泼的吠叫声。渐渐地，随着我朝黑暗中越走越深，那叫声越来越微弱。不一会儿，就一点儿都听不到了。脚底下的路微微下陷，并朝左边一直延伸过去。我就这样走着，最后发现这路原来是通往屋子方向的。

我小心翼翼地往前走着，每走几步，便停下来听听。大约走了一百码，突然听到一个低微的声音，是从过道后面传来的。我听着，心怦怦直跳。那声音越来越清晰，而且似乎在迅速地接近。现在，能清清楚楚地听到了，那是轻快的跑步声。我站在那儿，吓得不知所措，不知应该前进还是后退。突然，我想到了一个好办法。我闪到右边的石墙处，蜡烛高举过头顶，手中握着枪，守在那儿。同时心里诅咒自己愚蠢的好奇心，使自己陷入如此境地。

没多久，黑暗中出现两只眼睛。我用右手举起枪，迅速瞄准。就在此时，随着一声愉快的吠叫声，黑暗中窜出一样东西，顿时整个通道都充满了回音。是贝泼，我简直不能相信，它也到了这里。我紧张地伸手抚摸着它，发现它浑身湿漉漉的，肯定是在想追上我的时候跌到水中去了，可不费吹灰之力，它就爬出了水面。

过了一会儿，使自己平静下来后，我继续上路，贝泼悄悄地跟在身后。有老朋友在身边，我很是高兴。它是我的伙伴，有它在身边，我不再那么害怕了。而且，我知道，万一黑暗中真的出现不速之客的话，它灵敏的双耳一定会立刻发现的。

通道还是向屋子方向延伸过去，我们慢慢地向前走了一会儿。不久，我便知道，我们就站在屋子的下面。我小心谨慎地往前再走了约五十码，停止脚步，高举着蜡烛。谢天谢地，我的举动真是太理智了——就在前面不到三步之处，通道一下子不见了，出现空洞洞的漆黑一片。

这突然的变化把我吓了一跳。

我小心地向前爬过几步,向下面望去,什么都看不清。我来到通道左边,看看那儿是否有路可走。果然,紧贴着墙,有一条约莫三英尺宽的狭窄小道,继续向前延伸过去。我小心地踩了上去,幸运的是,我没有走多远。因为几步过后,那本来就狭窄的小径一下子变成了一堵巨墙边的突出部分,并且向看不见的墙顶伸展开去,而另一边就是一个巨大的深坑。我一下感到很绝望,因为如果在这儿受到袭击的话,我根本就没有退路。即使是开枪后的反作用力也足以使我一头栽入下面的深渊。

使我欣慰的是,不远处那突出部分忽然又恢复到原来的宽度。我慢慢往前走着,发现这路开始向左转弯。走了几分钟后,发现我并不是在朝前走,只是在绕着那个巨大的无底洞转圈圈。显然,我已到了通道的尽头。

五分钟后,我回到了原来的地方。我猜想这是一个巨大的地洞,而地洞口的直径至少有一百码。

好一会儿,我纳闷地站在那儿,"这到底是什么?"我一遍又一遍地这样想。

一个念头突然出现在我的脑海,我兜了一圈,寻找着石头。很快,我找到一小块石头,约一个小面包大小。把蜡烛插在石头缝中,退后几步，然后又往前跑，同时用力将那石块扔入石洞中。我的意图是不让石块碰到地洞壁，尽量扔得远些。然后我弯下腰听着，不发出一丝声响。然而，足足一分钟后，并没有从洞中传出任何声音来。

我想那洞一定很深，因为那石块如果碰到什么的话，一定会发出回音的，哪怕是一个很微弱的声音，就像这个通道能传出我的脚步声一样。这是个可怕之地。我真想下去探索一下，解开它与外界的隔绝之谜，但我想不出这样去做的方法。

有了，如果把这些蜡烛绕着洞口插上的话，我至少可以模糊地看清楚这个地方了。

我数了一下，发现我带来了十五支蜡烛，就像我前面说的，原来只是当照明用的。现在，我把它们绕着洞口插好，每两支间的距离约为二十码。

蜡烛全部插好了，我尽量朝洞中望去，很快便发现蜡烛光太暗淡，无法看清洞中的一切。尽管如此，暗淡的烛光证实了一件事，那就是洞口的大小和我原来的想法相符合。虽然看不清洞中的一切，然而，蜡烛光和洞中的一片漆黑的强烈反差产生了一种神秘感，使我感到高兴。那十五支点燃的蜡烛就像是地下夜色中的十五颗小星星。

贝泼突然叫了起来，并引发出一阵阵的回音，从近到远，逐渐消失。我立即举起手中的蜡烛，低头朝贝泼望去，与此同时，从一直无声无息的深洞中，传来一种声音，像是一种不快的笑声。我吓了一跳，但即刻想起，那可能是贝泼吠叫的回音。

这时，贝泼已离开我来到几步外的通道上，正沿着岩石地面，用鼻子嗅着，我听到它在舔着什么东西。我把蜡烛举得低低的，向它走去。走的时候，听到自己的靴子像是踩在水里时发出阵阵水的泼溅声，有什么东西反射着烛光，并且从我脚上爬过，迅速朝那洞口流去。我弯腰看去，大吃了一惊：从通道的远处，一股水流正迅速朝这大洞口流来，而且水势越来越急。

贝泼又叫了起来，跑过来，咬住我的衣服，意思是要我赶快走出通道。我紧张地推开它，迅速来到左边的墙旁。如果有什么东西出现，这墙就可以支撑住我。

就在我紧张地朝通道远处望去时，在蜡烛光下，我看到一个微弱的亮点，同时听到一种低低的轰隆声。这声音越来越响，简直是震耳欲聋。从地洞深处，传来一种空洞的回音，像是巨人的呜咽声。我又跳到洞口狭窄的边缘上，刚一转身，便看到一堵泡沫巨墙向我压过来，然后稀里哗啦地跳入等在那儿的地洞中。我被这巨浪打得浑身湿透，手中的蜡烛也灭掉了，可我仍紧握着枪。附近的三支蜡烛已经熄灭，再远一点的几支闪烁一下后也灭掉了。第一个巨浪过后，水流渐渐平稳下来，水位大约一英尺深。一开始，我什么都看不见。拿过一支点燃的蜡烛后，我开始巡视起来。幸亏在我跳到这儿来时，贝泼也跟着过来了，现在它顺从地紧跟在我后面。

经过一番查看后，我发现水已进入通道，而且水流得很急。就在我站着的一会儿工夫，水位已有所提高。我只能猜想发生了什么事，显然，不知怎么的，壕沟里的水已流入通道中。如果真是如此的话，水量还会不断增加，直到我无法离开此地。一想到这儿，我就害怕起来。很显然，我必须马上离开这儿。

我手中握着枪，靠在岩石旁，听着水声。现在水位快到膝盖上了，哗哗的流水窜入洞中，发出震耳的声响。叫过一声贝泼后，我朝洪水中走去，把枪当作拐杖使用。不久，滚滚洪水淹过了我的膝盖，几乎快到大腿根了。有一阵子，我几乎连脚都站不稳，但一想到后果，我便努力地一步一步地朝前走去。

一开始，我都不知道贝泼怎么了，只是尽力稳住自己的双腿。当它出现在我身边时，我真是高兴极了，它正勇敢地在水中蹚着呢。贝泼是条大狗，四腿细长。我想，水对它的影响一定比对我双腿的影响要小。它走得比我稳，像一位向导一样，走在我前面，它是故意想帮我挡住猛水的冲击。就这样，我们一步一步地，挣扎着，喘着气，不停地往前走了约莫一百码，没有遇到什么危险。走着走着，不知是因为我不小心，还是因为水底下地面打滑，我突然脚下一滑，仰面跌了下去，一股急流即刻把我淹没，并以一种快得吓人的速度，把我冲向那个无底洞。我拼命挣扎着，但无法站立起来，就在我喘着大气，将被吞没之时，突然，什么东西拽住了我的衣服，我的身体立刻就停住了。是贝泼，肯定是它发现我不见了，就迅速跑回来，在黑暗中忙乱地寻找着，看到我后，一口咬住我的衣服，直到我能够站立起来。

就是现在，我还能模模糊糊地记得，当时我在一刹那看到好几个亮点。肯定是在贝泼救出我之前，我被洪水冲到地洞的边缘时看到的。那光亮当然是留在那儿的几支点燃的蜡烛。但是，正如我所说过的那样，我没有把握，是否真的看到了。当时我的双眼灌满了水，何况我都快要吓呆了。

就这样，我失去了能帮助我的枪，站在一片漆黑中，不知所措。水位越来越高。现在，唯一能依靠的就是我的老朋友贝泼，只有它能帮我离开这鬼地方了。

我面对着急流。自然，这是我唯一能站稳的地方。因为即使是老贝泼，在无助的黑暗中，也不能长时间地帮我挡住那强大的水流。

就这样，贝泼咬着我的衣服，和我一起站立了一分钟。然后，我又慢慢朝前艰难地走着，开始与死神作斗争，但心中充满着胜利的希望。我慢慢地、艰难地、几乎是绝望地奋斗着。而忠诚的贝泼领着我，拖着我一步一步地向前挪动着。终于，眼前出现了一束光亮。那是通道的出口。再往前走过几码后,我来到了洞口,齐腰身的洪水在我腰间翻腾着。

现在,我知道引起这一巨大灾难的原因了,外面在下着倾盆大雨。湖面的水位已升到峡谷裂缝中洞口的底部——不对,已超过洞口底部。显然,雨水使湖中的水位升高,使湖水倾入洞中。因为按峡谷中水位升高的速度来算,几天后,峡谷中的水才会升至洞口。

幸运的是,我原先顺着爬下来的那根绳子的一端被洪水冲入洞口,正在水面上漂浮着呢。我抓过绳子,把它牢牢地系在贝泼的腰间。然后,使出最后一点力气,开始沿着悬崖边攀登上去。就在力气用尽之前,我来到了壕沟边,然后,必须再把贝泼拉上来。

我慢慢地、精疲力竭地拉着绳子。有一两次,我真想放弃。因为贝泼很重,而我连一丁点力气都没有了。然而,放弃就意味着贝泼的死亡,一想到这儿,我似乎恢复了体力。对于最后发生了什么我也只有一个很模糊的印象了。记得我使劲拉着绳子,慢慢地我越拉越慢,我记得看到了贝泼的嘴巴和鼻子出现在壕沟口。然后,我眼前突然一黑,就什么都不知道了。

大地窖中的陷阱

我肯定是昏过去了，因为以后我记得的是，当我睁开双眼时，周围已是一片漆黑。我仰面躺着，一条腿蜷曲着被压在另一条腿的下面，而贝泼正在舔着我的耳朵。我觉得浑身僵硬，一条腿从膝盖往下麻木，失去了知觉。我这样又躺了几分钟，头昏昏的。慢慢地，我挣扎着坐起来，环顾着四周。

雨已停了，但树上还在滴着水。壕沟中不断传来哗哗的流水声。我感到一阵寒冷，打起颤来。我的衣服已湿透，我觉得浑身疼痛。慢慢地，那条麻木的腿恢复了活力。一会儿后，我尝试着想站起来，但没有成功。又试了一次，终于站起来了，但身体摇摇晃晃，十分虚弱，大概是生病了。我转过身，踉踉跄跄地朝屋子走去，头脑迷迷糊糊的，每走一步，双腿就钻心般疼痛难熬。

我大约走了三十步，贝泼的一声狂吠使我停下了脚步。我笨拙地转过身，老贝泼想跟着我走，却走不了，原来它腰间还系着那根绳子，而且绳子的另一端还系在那棵树上。我花了很长时间，无力而笨拙地摆弄着那几个结，但这些结湿湿的打得很牢，我无法打开。这时，我想起了身上的那把刀。于是不到一分钟，那绳子被割断了。

我是如何走回到屋子中，并且之后几天是如何度过的，现在已记不得了。但有一件事我敢肯定，那就是，如果没有我姐姐无微不至的爱和不知疲倦的照看，我现在就不可能坐在这儿写这个故事了。

当我恢复神智后，发现已在床上躺了将近两个礼拜。又过了一个礼拜，我才有力气到花园中去蹓跶。即使那个时候，我还没有力气走到壕沟那儿去。我真想问姐姐，峡谷中的水位有多高了，但觉得还是不向她提及此事为好。事实上，自从那时候起，我就下定决心再也不向她说起发生在这幢旧屋中的一切怪事。

几天以后，我支撑着来到壕沟边。一到那儿，便发现几个星期不来，这里有了惊人的变化。由三个部分构成的峡谷现在变成了一个大湖，平静的湖面泛着冷光。湖中的水位上升到离壕沟的边缘不到两英尺。湖面上有一部分并不平静，因为湖水下面就是那个地洞的入口处。

这儿的水面不断地冒着泡沫，偶尔会听到一种神秘的汩汩声。除此之外，没有什么迹象可表明水底下藏有一个洞的入口。我站在那儿，心想，一切变化得真是太奇妙了。那些猪怪真是通过这个出口来到花园中的，现在这个出口被一股力量封住了，而这力量使我再也不感到害怕了，可同时，我也不能进一步了解那通道的秘密了，它被永远地封住并消失了。

在了解了那个地狱般的地洞之后，我感到把它称之为壕沟是极不相称的。人们不禁要问："那为何称它为壕沟呢？"人们自然会根据峡谷的形状和深度，把它称为壕沟。然而，难道它不能具有更深刻的含义，或是一种暗示，就在很深的地下，就在这座老房子的下面有一个更大的地洞吗？不错，就在这房子的下面！即使是现在，一想起这，我还会感到毛骨悚然。因为，我已证实，那地洞就在房子的下面，而地下室中一个用岩石构成的巨大拱门就支撑着这房子的重量。

找个机会到地下室去，看看那个巨大的拱形圆顶，以及那个陷阱，看看那儿的一切是否跟我离开时一样。这一念头出现在我的脑海。

来到地下室内，我慢慢朝中心部位走去，来到那个陷阱旁。跟我当初看到时的一样，陷阱口并排盖着几块石头。我手里拿着一盏灯，我想，正好可以看看那块巨大的橡木板下面到底是什么东西。我把灯放在地上，迅速搬掉那些石头，然后抓起门环把门打开来。在我这样做的同时,地下室里满是低低的轰隆声,那是从陷阱里传出来的。与此同时,一股潮湿的冷风夹杂着雾气迎面吹来。我迅速放下那门,心中既好奇又害怕。

有一会儿,我不知所措地站在那儿。我不是特别害怕,猪怪带来的恐惧很久以前就消失了。我只是紧张而吃惊,一个念头突然出现在脑海里。我激动地拉开那沉重的门,让它竖在一旁,拿过地上的灯,双腿蹲下,把灯伸进洞口。与此同时,夹杂着雾气的冷风吹入我的眼中,使我好一会儿睁不开眼。即使能睁开,除了漆黑一片和到处飘荡的雾气外,还是看不清脚底下的一切。

灯的光线那么高,是不可能看清下面的一切的。我把手伸进口袋中,想拿一根细线拴住那灯,然后把它垂入洞中。就在我摸绳子的时候,那灯从我手中滑落,跌到漆黑的洞中去了。就在我看着它掉下去的一瞬间,在灯光照射下我看到了汹涌起伏的白色泡沫,就在我脚下约莫八十到一百英里处。火灭掉了。我那时的猜想是正确的,现在我知道潮湿和噪音的原因了,就是这个陷阱把地下室和那个地洞连接了起来。而空气中的湿气,就是从那流入深洞中的洪水中溅出的飞沫。

对一直以来困扰我的一些事情,我一下子有了解释。我现在终于明白,为什么在猪怪侵犯的第一个晚上,我听到自己脚下有一种嘈杂声。还有我第一次打开陷阱门时听到的笑声!很显然,当时,一些猪怪就躲在我的脚下。

我又想起了一件事。所有的猪怪是否都被淹死了？它们淹得死吗？我还记得当初没有任何迹象表明我开枪打死过猪怪。它们是像我们所理解的那样有生命的，还是如食尸鬼般无生命的？就在我站在那儿，从口袋中掏火柴时，我迅速思考着这些问题。现在，我擦亮一根火柴，然后朝那洞口走去，关上门，把一块石头压在上面，然后回到地面上。

我想，那水在不断地轰隆隆地流入那地狱般的无底洞中。有时候，一种莫名的冲动驱使我再到地下室去，打开陷阱之门，看看那满是水雾的黑洞。有时候，这种欲望几乎无法抵御。驱使我想这样做的不仅仅是好奇心，更多的是某种无法言说的影响。可我从未付诸行动，我决定压抑住这种莫名的欲望，并把它摧毁，因为我觉得这是在自取灭亡。

受制于某种看不见摸不着的力量似乎是无理性的。然而，我的直觉告诉我并非如此。对于这种事情，直觉对我来说要比道理更可信。

有一种想法在我头脑中表现得越来越强烈。那就是，我住在一幢非常奇怪的屋子里，一幢十分可怕的屋子。我开始在想，在这儿再住下去是否明智。但是，如果离开的话，又能上哪儿去呢？不还是孑然一身吗？况且，她的出现，就足以使我姑且这样过下去了。

沉睡的大海

在我日记中写到的那最后一件事情发生后,又过了一段相当长的时间,期间我一直在严肃地思考着,准备离开这房子。要不是因为发生了下面这桩轰轰烈烈的事情,也许我真就搬走了。

我住在此处期间,尽管经历了那些令人费解的事情,但我内心还一直在暗自庆幸。因为要不是我住在这儿,我就不可能再一次见到我心爱的人。是的,除了我姐姐玛丽外,几乎没人知道,我曾经爱过啊——而且陷进去了!

我想把那些甜美的日子写下来,但那会像是在撕裂老伤口一样。然而,发生过这一切之后,我还在乎什么呢?我不知道她来自何方,可奇怪的是，她热情地警告我，警告我不要住在这房子里，请求我离开这儿。但当我问她为什么时，她承认说，如果我不在这儿，她不可能会遇见我。尽管如此，她还是真诚地警告我，告诉我说，很久很久以前，这地方是魔鬼住的，而且受到一种邪恶力量的控制，而谁都不知道这邪恶力量是什么。当我再一次问她，如果我到别的地方，她是否会来见我时，她却站在那儿，不作任何回答。

我是这样来到沉睡的大海的——她跟我亲切交谈时提到这个地方。当时已是半夜，我正在书房里读书，我肯定趴在书上睡着了。突然，我被惊醒，直直地坐在椅子里。好一阵子，我纳闷地环视着书房，觉得有点不对劲。书房里有一股雾气，似乎连每张椅子、桌子和每一件家具都蒙上了一层神秘的薄纱。

渐渐地，不知怎么的，雾气越来越浓，紧接着，房中慢慢出现一束柔和的白光，相比之下，蜡烛之光就变得苍白了。我朝两边看了看，看到的还是原来的那些家具，只是样子怪怪的，我看到的不再是家具的实体，只是它们的幻影。

在我看着它们的时候，那些幻影变得越来越模糊，直至完全消失。我又回过头去看那些蜡烛，它们也在变得越来越暗淡，越来越不真实，慢慢消失。除此之外，我什么都看不见，甚至墙壁也消失了。

不久，在一片寂静中，我听到一种低低的但持续的声音。我留神听着，那声音越来越清晰，那是大海的声音。我不知道那声音离我有多远，但是，不久以后，慢慢地，透过迷雾，我似乎能看清什么了，发现自己正站在一个宁静而巨大的海边。海岸平滑漫长，我朝左右望去，却望不到边际，眼前是一片宁静的大海。不时地，我似乎能看到海面下有一个微弱的亮点，但又不能完全肯定。身后是高耸荒凉的黑色悬崖，头顶上是冰冷的灰色的天空，离地平线不远处，漂浮着一个巨大的白色火球，发出一种泡沫似的白光，照射在宁静的海面上。

除了大海发出的温柔之声外，周围是一片宁静。有好一会儿，我站在那儿，眺望着那奇怪的景象。就是现在我也搞不清是怎么回事。这时，海底深处冒出一个白色泡沫，不仅如此，我还看到了她的脸，看到了她的灵魂。她也看着我，欢喜之余露出悲伤。我想起了什么，心里一阵害怕却又充满着希望。这种复杂的感情向我袭来，使我哭喊着迅速向她跑了过去。然而，见我如此，她还是站在海面上，只是痛苦地摇了摇头，但眼里流露出凡人才有的柔情。这一点在一切发生之前，在我们被分开之前，我就明白了。

见她如此无动于衷，我感到绝望，便决定涉水到她那儿去。然而，我做不到。一种无形的障碍把我挡了回来，我毫无办法只能待在原地，从心底里对她哭喊着："噢，亲爱的，亲爱的……"由于紧张，我说不出别的话来，只是反复地说着这一句话。像天公开恩一样，听到我如此哭喊着,她迅速走了过来,抚摸着我。当我向她伸出双手时,她用温柔的双手坚定地把我推开,我感到一阵不安……

注:手稿的这一部分已损坏,无法辨认,下面是能看清楚的文字碎片——编者。

噙着泪水……耳中不时听到一种永恒的声音,我们分手……我爱她。噢,天哪!……

好长一段时间,我恍恍惚惚,一个人被留在漆黑的夜色中,我知道,我又回到了我已知的宇宙中。很快,我从广袤的黑暗中出现,行走在星星之间……无限的时空……遥远的太阳。

我来到把我们的太阳系与外层太阳系隔离开来的海湾。当我穿越起划分作用的黑暗时,我看到我们的太阳越来越亮,越来越大。我再次回首去看那些星星,发现它们似乎在黑夜的背景中移动。我灵魂的穿越速度有多快啊。

我离我们的世界越来越近,现在,我可以看到闪闪发光的木星了。不久,我看到了地球冰冷的蓝光……我感到一阵迷惑。太阳四周一片光明,许多物体在轨迹中迅速运转。两束光点在灼热的太阳附近绕着太阳旋转。再远一些地方,一个蓝色的发光点飞行着。我知道那是地球。

它绕太阳转一圈只用了地球上的一分钟。

离地球越近，我飞行的速度越快。我看到了木星和土星的光辉，它们在巨大的轨迹中，以令人难以置信的速度旋转着。我离它们更近了，看着这一奇观——许多行星绕着太阳母亲旋转。时间对我来说似乎已不存在了，因此对我这个非肉体的灵魂来说，一年只不过是地球上的一瞬。

行星旋转的速度在加快。现在，我正注视着太阳，整个太阳被头发似的不同颜色的火圈包围着，那是行星的轨迹。而这些行星正以飞快的速度绕着这个中心火球飞速旋转。

太阳变得越来越大，似乎蹦出来迎接我似的……现在，我已处在外层行星旋转的轨道内，轻快地向地球飞去。此时的地球像一大团如火般的迷雾，在其蓝色光彩中，闪闪发光，并以骇人的速度旋转着……

注：尽管我反复地仔细查看，却不能在手稿损坏的部分读出更多的东西来。从"黑夜中的声音"这一章开始，文字又显得清晰可读了。

黑夜中的声音

现在,我遇到了在这神秘屋子中最为奇怪的事情。它就发生在最后一个月里。我相信我所见到的是真实的,请听我讲给您听。

我也不知道是怎么回事,但到目前为止,我从未在事情发生后马上把它写下来。似乎我得等一段时间,使心情放松一下,同时把听到或看到的东西消化一下。毫无疑问,本来就该如此的,因为,通过等待,我可以更真实地看待所发生的一切,以一种更平静、更公正的心态把它们写下来。

现在正是十一月底,我的故事发生在这个月的第一个礼拜。

那时大约是晚上十一点左右,贝泼在书房里陪伴着我——那间又大又老、我读书和工作的房间。我在津津有味地读着《圣经》，最近几日，我对那部伟大的古书越发感兴趣了。突然，房子抖动起来，紧接着传来一阵隐隐约约、遥远而又令人头晕的嗡嗡声，这声音又立刻变成一阵遥远模糊的尖叫声。奇怪的是，这声音使我联想起钟倒地时发出的声音。那声音似乎来自于某个遥远的高处，或是夜幕下的某个地方。房子再也没有抖动过。我朝一边的贝泼望去，它正平静地睡着觉。

渐渐地，嗡嗡声消失了，周围又是长时间的宁静。

突然，在一扇墙边突出并能看到东、西两边景象的窗子那儿，出现了亮光。我感到纳闷，犹豫一会儿后，我来到墙边，把百叶窗拉向一边。这时，我看到太阳正慢慢从地平线后升起来，我看着它徐徐升入空中。我一直这样看着，不一会儿，太阳已爬上了树梢。太阳越升越高——现在已是一个大白天了。从我身后，传来一阵尖尖的蚊子似的嗡嗡声。我朝四周瞥了一眼，知道那是钟发出的声音。就在我看那钟的时候，钟面上已走过了一个小时。分针在表盘上旋转着，速度比一般的秒针还要快，时针飞快地从一个刻度转到另一个刻度。对此，我并不觉得惊奇，似乎早已麻木。不久，两支蜡烛几乎同时熄灭。我迅速转向窗子，因为我看到了地板上窗框的影子，正在向我这里移动，似乎有人高举着一盏大灯从窗旁经过一样。

现在，太阳已高高悬挂在空中，看得出还在移动。它在屋子上方经过，仿佛风帆一般驶过。太阳渐渐西沉时，我看到了另一种奇观。天上的白云不是从容地飘过，而是在疾驶，速度之快就像每小时行使一百英里的大风一样。这些云一边飞驰着，一边又在发生着一分钟一千次的变化。仿佛因为过着一种不习惯的生活而在挣扎着。一大片云就这样过去了，接下来，又是一大片云，并且以同样的方式飞驰而过。

西边，太阳在以一种令人难以置信的、平稳又飞快的速度降落。东边，在即将来临的夜幕下，出现了肉眼能看到的万物的影子。在我看来，它们是些被风吹过后悄悄扭曲的树影。真是一种奇景。

书房中很快暗了下来。太阳滑下地平线，迅速在我眼前消失。在迅速降临的夜色中，我看到一轮银色的新月，由南往西移去，傍晚融合在瞬间降临的夜色中。我头顶上，是许多星座，正以一种奇怪的、"无声的"方式旋转着，同时向西移去。月亮落到有千尺深的夜色港湾中，天空中只是星光点点……

这时候，角落里发出的嗡嗡声停止了，说明钟也停止了。几分钟后，东方开始发白，一个灰色、沉闷的早晨来临了，移动的星星也不见了。天空中满是不断翻滚着的乌云——要是在平常的地球上，这将是一个乌云密布、但不翻滚的多云天气。太阳躲了起来，不让我看到，光明和阴影像波涛般不断交替，使整个地球忽明忽暗……

光不断地向西移动，夜幕降临了。天似乎要下瓢泼大雨，狂风呼啸，仿佛一夜的狂风要在一分钟里狂啸而过。风声就像刮整夜强风一样。

这种风声转瞬即过，云团散开了，我又看到了天空，星星在以惊人的速度向西飞行。但是尽管风声已过，我却第一次听到了一种不间断的声音，朦朦胧胧。现在我知道，其实这声音一直陪伴着我，那是世界之音。

就在我有所领悟的时候,东方出现了一道曙光。太阳很快升了起来，穿过树林，爬上树梢，升高，升高，在空中翱翔，整个世界一片光明。太阳拍打着轻快、稳健的翅膀，向最高处飞去，然后在那里朝西降落。我目睹着白天就这样从我头顶上滚落过去，几朵轻云向北飘移，然后消失。太阳轻快地、毫不含糊地跳了下去，我周围即刻出现了灰色的薄暮。

由南往西，月亮迅速下沉，夜幕早已降临。似乎共用了几分钟时间，月亮坠入漆黑的空中。约莫几分钟后，东方发白，曙光来临。太阳突然爬上我头顶，然后飞速升上天顶。突然，一种新的景象映入我眼帘，南边蹦出一片乌云，在一瞬间似乎要蹦出天空一样。与此同时，行进中的乌云边缘在飘动，就像天空中出现的一个怪兽的黑衣服一样，不断地旋转着，波动着，像是给人一种可怕的暗示。顷刻间，整个天空中满是雨水，大片雷电不断闪烁，似乎像洪水一样直泻而下。狂风的呼啸声淹没了世界万物之音，在这震耳欲聋的振荡下，我的双耳开始发痛。

随着这暴风雨，夜色降临了。不多一会儿，暴风雨停止了，传入我耳际的是不断的"模糊的"世界之音。头顶上，无数星星在飞速向西滑去。也许是星星移动的速度，第一次使我突然认识到，旋转的是地球——这个巨大而漆黑的物体。

黎明和太阳似乎是一起到来的，地球旋转的速度真是迅速。太阳从东方升起，沿着一条长长的弧形线上升，经过它的最高点，迅速滑入西方天空中，然后，消失。以前，我从未意识到傍晚的时光是那么短暂。接下来，我看到的是飞行中的星座和匆匆向西行的月亮。就在一瞬间，月亮穿过夜幕下的蓝色，很快便消失了。接踵而至的，是早晨的来临。

奇怪的是，这种日夜交替的速度似乎在加速。太阳从东方升起，迅速扫过天空，然后在西边的地平线后消失。与此同时，夜幕匆匆降临。

随着这一天一天的过去，整个世界也在一开一合。我突然看到了地球上冒着冷气的雪花。夜色降临了，几乎同时，白天又来临了。就在太阳的短暂跳跃中，我发现雪已融化掉了。紧接着夜幕再一次降临了。

我目睹了如此多的令人难以置信的事情，一直处于极度的恐惧之中。看着太阳飞速升起降落，一会儿后，看着苍白的月亮，那个渐渐变大的圆球，跳入夜空，以惊人的速度滑过巨大的蓝色夜空。不一会儿，看着太阳接踵而来，从东一跃而起，似乎在追逐着月亮。紧接着是夜幕下迅速飞行的星座。这一切变化简直让人无法相信,然而,却是真的——每一天从黎明到傍晚,从黑夜到天明,交替越发迅速。

最后三次日出过程中,我看到了被雪覆盖的地球,而在迅速飞升、降落的月光的瞬间照射下,地球显得有些奇特、超然。现在,一大片翻涌的灰白色云朵遮住天空,随着日夜交替,云朵忽明忽暗。

云朵飘浮着消失了,展现在我面前的又是迅速跳起的太阳和紧跟在后像影子样消失的夜晚。

整个世界越来越快地旋转着,每一个白天和夜晚在几秒钟内就结束了。然而,世界旋转的速度还在增加。

过了一会儿,我发现太阳身后开始出现火的痕迹。显然,那是因为它经过天空时速度太快而留下的。随着白天一天快过一天地到来,火的痕迹开始显得像一颗巨大的、燃烧着的彗星一样,间隔很短的时间后,在空中发着亮光。夜间月亮出现了,彗星的天象更加逼真:一束苍白、清晰、迅速行驶的火焰留下的寒光。星星出现了,仿佛黑暗的天空中微弱的火苗一般。

又一次,我从窗口回过头来想看看贝泼。在一瞬间的日光下,发现它正静静地睡着觉。我又回过头去观看着天象。

现在,太阳就像神奇的火箭一样从东方地平线上直冲而上,在不到一两秒的时间内,从东方投掷到西方。微暗的空中不再有云朵飘过。

短暂的夜晚似乎失去了应有的夜色,飞行着的星星发出头发丝般的光亮。随着速度的加快,太阳开始由南往北慢慢晃动,然后又从北往南慢慢晃动。

时间就这样一小时一小时地过去了。我的思想始终处在一片奇妙和迷惘中。

在这期间,贝泼一直在睡觉。不久,我感到孤独、心乱,便轻轻地呼喊它,但它不睬我。我提高些嗓音,再喊它,它还是一动不动。我来到它睡觉的地方,用脚碰它,想把它弄醒。尽管我踢得很轻,但贝泼立刻变成了碎片。千真万确,贝泼真的变成了一堆腐朽的白骨和尘土。

约莫一分钟时间,我低头望着那堆不成形的骨灰,那曾经是我的贝泼。我站在那儿发愣。发生了什么事?我问自己。我并没有立刻领会那一小堆骨灰的恐怖含义。当我再次用脚踢着那堆骨灰时,突然明白,只有经过很长很长的时间,才会发生这种事情。许多年过去了——许多年了。

房子外面是昼夜交替不定的时间。房子里面,我站在那儿,努力想搞明白这到底是怎么回事——地毯上那一小堆灰尘和风化的骨头到底是怎么回事。但我不能连贯地想起来。

我把目光从那堆骨灰上移开,环视了一下房间。现在才发现这儿是多么的陈旧。从墙角到家具，到处积满了灰尘。就是地毯，也被弥漫的灰尘所淹没。我一走动，尘埃就从脚底下飞扬起来，像一朵朵小小的云雾，钻入我的鼻孔，又干又苦的味道使我喘息起来。

当我的目光再一次停留在贝泼的遗骸上时，我突然停止了脚步，疑惑地大声问自己，是否已过去了许多年，我一直认为是幻觉的一切是否是真的。我停止思考。突然，一种新的想法出现在我脑海里。我迅速朝墙上的大穿衣镜走去，却第一次发现自己步态不稳。穿衣镜上满是厚厚的灰尘。我用颤抖的双手擦去灰尘，立刻看到了自己，也证实了我原有的想法。镜子中不再是那个高大强壮、看上去不到五十岁的我，而是一个衰弱、驼背的老头，双肩弯曲，满脸皱纹。几小时前还是乌黑的头发现在全变成了银白色、只是双眼还是那么明亮。慢慢地，从镜子中的老头身上，我依稀看到了自己以前的影子。

我转身，摇摇晃晃地朝窗口走去。现在，我明白了，我已是一个老头，蹒跚的脚步证明了这一点。有一会儿，我闷闷不乐地望着远处变化无穷的模糊的风景。就在那短短的时间内，一年过去了，我暴躁地离开窗口。与此同时，我发觉由于年老，我的手不自觉地抖动了起来，嘴里还发出了呜咽声。

有小一会儿，我迈着颤抖的步子，在窗子和桌子间来回地走动着，双眼不安地注视着四周。这书房已是陈旧不堪，到处积满厚厚的灰尘——那是许多年以来又厚又黑的尘埃。防护板上满是铁锈，吊着钟垂的铁链早已锈迹斑斑，而两个圆锤形的铜锤也已落在地板上，上面全是铜锈。

我朝房中的一切望去，似乎看到房子的家具正在腐烂。这绝不是幻觉，因为那书架突然间沿着墙壁倒塌下来，发出噼噼啪啪的朽木声，而架子上的物器全部倾倒在地板上，灰尘顿时在房中弥漫开来，使人透不过气来。

我觉得好累，好累。在我来回走动的时候，每走一步，我似乎听到自己干枯的关节在吱吱嘎嘎地作响。我想起了姐姐，她是不是和贝泼一样死了？一切发生得太快太突然了。事实上，这肯定仅仅是一切生命终止的开始！我突然想去找她，但我觉得浑身乏力。对最近所发生的一切，她一定深感奇怪。最近！我重复着这两个字，无力地笑了起来。当我意识到已是半个世纪时，感到一阵悲伤。半个世纪！也许已是一个世纪了！

我慢慢朝窗口走去，再一次向外面的世界望去。这时候，我可以把白天和黑夜描写成一种庞大、笨重的火焰。时间的速度在一点一点地加快。现在是晚上，我看到月亮仅仅是一条摇曳的火焰小径，略显苍白。从一条光线变成一条模糊不清的小径，然后又变小，直至周期性地消失。

昼夜交替还在不断加快。可以感觉得到，白天变得越来越暗，仿佛大气中的黄昏。夜晚比以前要明亮得多，几乎看不到星星，只偶尔出现头发丝一样的火线，跟月亮一起一点一点地移动着。

昼夜交替越来越快。突然，我觉得这种时隐时现的现象不见了，光亮相对来说又变得稳定起来。这光亮来自于一条永恒的火焰之河，而那火焰以巨大、惊人的力量在上下、南北地摇摆着。

天空越来越黑，在这黑暗中有一种浓重的忧郁，仿佛一片巨大的黑暗在窥视着地球，但其中还有一种奇怪而可怕的清晰与空虚。我不时地看见火的轨迹，向太阳的光亮闪烁过去，时而消失，时而出现，那是难以见到的月亮之光。

向外眺望的时候，我又一次感到一种模糊的东西飞掠而过的感觉。这种东西要么来自于缓慢流动的太阳之光，要么源于地球表面飞速变化的结果。每隔一会儿，地球上突然白雪覆盖，又突然消失。似乎有一位看不见的巨人把一条白床单迅速覆盖地球，又迅速拿走。

时间飞速流逝，我感到越发疲倦，几乎支撑不住了。我在窗旁转过身，再一次在房中踱着步，厚厚的尘埃使我的脚步声更加沉闷。现在每跨出一步，用的劲似乎比以前更大，每个关节都有难以忍受的疼痛，我不知道下一步能否再跨出去。

来到窗子对面的墙边，我虚弱得无法走下去，便停了下来，心里朦朦胧胧地想着该怎么办。我朝左边望去,看到我经常坐的那张旧椅子,到上面去坐一坐的想法给疲乏的我带来一丝安慰。然而,由于我太老、太累,我都不想动脑筋,只希望走过那几码的路,坐到椅子上去。我站着的时候,身体摇摇晃晃的,真想一屁股坐在地板上休息。但下面是厚厚黑黑的灰尘,还有一股难闻的味道。我使劲转过身体,艰难地朝那椅子走去。谢天谢地,我终于来到了椅子旁,一屁股坐了下去。

周围的一切变得暗淡起来,太奇怪、太突然了。昨晚,尽管我已是一个老人,但相对来说还算硬朗。可现在,仅仅在几个小时以后!我看着那一小堆曾经是贝泼的骨灰。时间!我大笑了起来,那是一种虚弱、痛苦的笑声,一种歇斯底里的尖叫,它让我朦胧地感觉到震惊。

有一会儿,我肯定打起盹来了。我一下被惊醒,睁开双眼,房间的什么地方有东西落在地上,发出一种沉闷的声音。我朝发出声音的地方望去,依稀看到一团升起的尘雾。房门附近,另一样东西"哗"地一声跌落下来,那是一个柜子。我太累了,并不在意这种事情的发生。我合上眼睛,半睡半醒地坐在椅子里。有一两次,我隐隐约约地听到好几种声音,这声音像是从浓雾中传来似的,然后我就睡着了。

醒　来

　　我惊醒过来,一时不知道自己在哪儿。过一会儿,慢慢想起来了……
　　房间里还是那种奇怪的光亮——一半阳光,一半月光。我已恢复了体力,不再疲倦,关节也不疼痛了。我慢慢来到窗边,朝外看着。天空中,火焰之河形成一个半圆的火圈,上下、南北奔腾着,就像编织时间的机器上一个巨大的钩扣——我突然这样想着——正在投掷着岁月之梭。时间流逝的速度是如此之快,以至于感觉不到太阳从东方升起,西方落下。唯一感觉到的是太阳光,从北到南的流动。而现在,其流动的速度如此之快,简直可以说是抖动。我就这样朝窗外看着,看着,一种断断续续的关于我上次在太空中旅行的记忆突然出现在我的脑海中。我记得,当我接近太阳系时,突然看到太阳周围旋转着的行星——仿佛时间被定格,宇宙机器暂时停转。我有一种朦胧的想法,我被允许向未来时空投去一瞥。随着这种想法的出现,我的记忆消失了。我又向外望去,只看到太阳光的流动。我看着的时候,其速度又加快了。其间又过去了无数个生命周期。

突然,我意识到自己还活着。我想起了贝泼,不明白自己为何不像它一样死去。它的死期已到,或许还多活了几年。而我,在寿命过去几十万年之后,却还仍然活着。

有一会儿,我茫然地思索着。"昨天……"我一下子停止思考。昨天!没有昨天。我所说的那个昨天早在好几个世纪以前就被无数的岁月吞没掉了。再往下想,我就变得头晕目眩。

现在,我转过身子,扫视着房中的一切。似乎已有所不同——奇怪,完全不同。我明白,是什么东西带来了这奇怪的变化。房中空无一物,连一件家具都没有。渐渐地,我不再觉得惊讶,因为我知道,这是腐烂过程的必然结果。在我睡着之前,我就亲眼看见过了。几十万年!几百万年!

地板上厚厚的灰尘已堆积到离窗台只有一半距离了。在我睡着的时候,灰尘迅速堆积了起来,说不清它们属于什么年代。毫无疑问,陈旧的、已腐烂的家具增加了这些尘埃的体量,其中还有很久以前死去的贝泼的尸骨。

我忽然想起，醒来之后，我不记得在齐膝深的灰尘中走过。不错，自从我来到这窗口，许多年已过去了。但我相信，与我在睡觉时迅速流逝的时间相比，这实在是不算什么。我现在记得，我坐在那把旧椅子上睡着了。那椅子还在吗？我朝椅子原来的所在地望去。当然，我看不到那椅子了。不管它是在我醒来后还是醒来前消失的，我再也不能让自己放松了。如果它是在我坐着的时候消失的，我应该会因椅子倒塌而醒过来。可是，我想，地板上厚厚的尘埃足以抵挡得住我的下跌，软得使我不会醒来。所以，很有可能，我在尘土上睡了一百万年，甚至更多。

就在这样胡思乱想的同时，我无意间又瞥了一眼原来放椅子的地方，才发现，在椅子和窗子之间的灰尘中没有我的脚步。后来才知道，从我醒来到现在，已经过了几万年了！

我若有所思地将目光再一次落到原来摆椅子的地方，我突然警觉起来，我发现那儿的灰尘有高低起伏。我能分辨其原因，我知道——这想法让我颤抖起来——那是很久以前死去的一个人类的尸体。那尸体向右倒卧着，背对着我。在黑色的尘土中，我可以辨别出尸体的每一个曲线和轮廓。我试图解释这具尸体为何出现在这个地方。慢慢地，我开始不解起来，因为这尸体所躺的地方就是我从椅子上跌落下来的地方。一种想法逐渐在我脑海中形成，使我感到震惊，尽管显得荒唐、没有根据，但我最终完全相信，被尘土遮盖的正是我自己的遗骸。我不想去证实它。我现在终于知道了，我是个没有躯壳的东西。

我站在那里，努力使自己的思想适应这一发现。在这期间——我不知道过去了几千年——我平静了下来，注视着周围发生的一切。

现在，我发现那一堆尘土已不再起伏，与周围的灰尘一样平，而且在其上面已覆盖了新的尘土。我久久地站在那儿，心情更为平静。整个世界继续飞速地驶向未来。

我开始察看书房。发现时间对这幢奇怪的古屋正起着破坏作用。这房子能存在这么多年，证明它与其他的房子不同。但我并不认为它就不会腐烂，只不过我不知道其原因。只是在沉思了好长一段时间后，我才彻底明白，这房子经历了这么漫长的岁月，只要它是由地球上的石头砌成，就注定会腐蚀毁灭。不错，这房子正在倒塌，所有的灰泥都已从墙上剥落下来，而房中的木质材料，许多年以前就早已腐烂。

就在我站着沉思默想的时候，随着一个沉闷的声音，一片玻璃从钻石形状的小玻璃窗柜上掉落下来，落在我身后的窗台上，随即便成为一小堆粉末。我从沉思中回过神来时，在外墙的石缝中，看到了光亮。显然，外墙上的灰泥也开始剥落了……

过了一会儿，我又把视线转向窗子，注视着外面。我发现，时间正以极快的速度奔驰着。太阳光在迅速转动，使得舞动着的半圆形火焰融化并消失在覆盖着半个南部天空的一片火海中。

我把目光从天空移向花园，一片模糊的灰绿色。我感到它们似乎比以前高了一点，靠我的窗子更近了，仿佛长高了一般。但它们仍在我下面很远的地方。因为这座房子在壕沟口的岩石上，而这些岩石高出地面很多。

后来我才发现花园中永恒的颜色起了变化。苍白的灰绿色变得越发苍白，快要接近白色。过了好一会儿，花园的颜色变成了灰白色，并且就这样保持了很长时间。但最后，灰色消失，只留下死一般的白色，并且以后再也没有发生什么变化。我终于明白，大雪覆盖了北部世界。

就这样，几百万年过去了，时间穿越永恒，朝尽头飞去，而以前过着地球生活的时候，只是模糊地思索过这个问题。现在，时间以人们无法想象的方式接近它的尽头。

当末日来临时，会是什么样子，对此我产生了一种跃跃欲试的恐怖的好奇心。但我显得没有头绪。

在这期间，持续不变的毁灭正在继续着。好几块仅存的玻璃块早已消失。不时发出的轻轻的、沉闷的声音和飞扬起的一点尘土表明，一些灰泥和石块碎片在不断地剥落。

我又抬起头，朝头顶上方延伸至南部天空的正在抖动的火海望去。

慢慢地，我发觉，火海失去了原先的那种灿烂，正在变得越来越晦暗。

我又低头看白茫茫的世界。一会儿，又把视线回到正在燃烧的、但已变得晦暗的火海。那是太阳，但已被遮蔽了起来。有时，我又看一眼身后正在变暗的、空洞无声的房间，地面上铺了一层由沉睡的尘土组成的万古地毯……

就这样，我看着岁月匆匆流逝，思考着使心灵疲惫的一些问题。渐渐地，新的疲倦在向我袭来。

越来越慢的旋转

也许是一百万年以后,我才毫无疑问地发觉,照亮世界的火海事实上正在变暗。

又过去了漫长的岁月,整个火焰变成了深深的红棕色。而且,还在慢慢加深,从红棕色变成棕色,并由此变成一种深紫色,其中夹杂着一种奇怪的血色。

虽然光亮越来越暗,可我看不出太阳飞行的速度有所减慢,速度之快,同样令人惊奇。

目前我所看到的世界开始被可怕的阴影笼罩,仿佛世界末日就要来临一般。

毫无疑问，太阳日趋毁灭，但地球还在永恒地旋转。此时此刻，我感到十分迷惘。后来，我发现我的精神正徘徊于圣经故事和现代理论关于世界末日的一片混沌之中。

我头脑中第一次闪现出关于太阳以及太阳系中行星的回忆，它们一直在以一种令人无法相信的速度行驶着。突然，一个问题冒了出来——它们向何处行驶？很长一段时间，我一直在思考着这个问题，但始终得不到结果，便放弃了这个想法。我又想，这房子能存在多久？同时问自己，我是否注定要这样没有躯壳地生存在地球上，等待世界末日的到来？我又从这些想法中跳出来，想象太阳会朝什么方向运行……就这样，又过了许多岁月。

随着时间的逐渐流逝，我感到了严寒的到来。这才想起，太阳一旦消失，严寒一定会随之而来。慢慢地，慢慢地，随着极为漫长的岁月流入永恒，地球将会陷入浓重的阴暗之中。天空中昏暗的火焰将出现越来越浓的色彩，阴沉而混浊。

终于有了变化。阴沉的火焰之帘悬挂在空中，一直延伸到南部天空。它开始慢慢缩小，南北方向的太阳光像竖琴的琴弦一样快速抖动着。

慢慢地，火帘似的景象消失了。我清楚地看到太阳光在缓慢抖动，即使这时候，它旋转的速度还是快得令人难以置信。明亮的火焰的弧光，变得更为暗淡，其下面，模糊的世界隐约可见。

天空中，火焰之河摇摆得越来越慢，越来越慢。最后，它以笨重缓慢的节奏朝南北方向摆动，持续了几秒钟。又过了很久，它的每一次摆动接近有一分钟，所以，又过了很久，我看不出它还在运动，暗淡的火焰像一条平稳流淌着的河流一样，穿过死一般的天空。

不知又过去了多少时间，火焰的弧光轮廓变得不甚分明，似乎有所减弱，偶尔还出现黑色条纹。我看着的时候，那持续向前的流动停止了。我还能感受到整个世界有规则地变暗，这种情况一直持续到夜幕降临到地球上。

黑夜变得越来越长，白天与之平分秋色。直到最后，白天与黑夜的长度仅为几秒钟。太阳又成为一个几乎看不到的紫铜色红球，成为一团发光的浓雾。在太阳留下的轨迹中，不时地留下一些黑色线条。与之对应的，是在半明半暗的太阳本身，可以清楚地看到巨大的黑带。

一年又一年就这样一闪而过，白天和黑夜只延续几分钟，太阳所过之处不再留下痕迹。升起，落下——只是一个巨大的发着紫铜色的彩球，一些地方出现血红的条纹，另外一些地方出现黑色的条纹，这些现象我以前都曾提到过。这些圈圈——红色的和黑色的——颜色深度不同，我一时说不清是怎么回事。后来，突然想起，太阳不可能整个都冷却下来。这些迹象也许是由不同地方的不同温度引起的，红的地方表明那儿还是热的，而黑的部分则表明相对来说已冷却了。

我还特别想到，在那轮廓分明的条纹处，太阳应该是冷却的。但我又想起，它们也许只是被分离开来的碎片。太阳旋转的巨大速度使它们成为一条带状物。现在的太阳，要比我在地球上看到的太阳大得多。所以，从这一点看，我认为太阳离我更近。

月亮还会在晚上出现，只是很小、很遥远，反射出的光亮既昏暗又微弱，就像我知道的那个又小又暗淡的古老月亮一样。

白天和黑夜的时间在逐渐延长，直至分别达到古老地球上的将近一小时。太阳像一个表面有黑色条纹的巨大铜制圆盘，升起，落下。这时候，我发现自己又能清楚地看到花园了，因为世界已平静下来，没有什么变化。嗯，我说"花园"是不对的，因为根本就没有花园——我看不到也辨别不出原先的那些花园，看到的只是一个广阔的平原，向远处延伸开去。我左边是一排低低的山丘。我目光所及之处，都被白色的雪覆盖着。那些突出的地方，是些山丘和山脊。

这时，我才发现这雪到底下得有多大。在我右边，一些地方积雪很深，仿佛看到一座巨大的、波浪形的山丘，有些地方突出地面很多。奇怪的是，我前面提到的左边的那些山丘并没有完全被大雪覆盖，好几处露出黑色的山腰。到处是死一般的寂静，显得荒芜凄凉。这是世界末日来临前的一种不变的、可怕的沉寂。

白天和黑夜还在不断延长，每天从黎明到黑夜所占用的时间约有两小时。晚上，我惊奇地发现天空中出现了几颗星星，发出一种奇特的光亮。我把这种奇特的光亮归因于夜晚的黑暗。

朝北边望去，我看到一种模糊不清的浓雾样的东西，外表看上去像一条牛奶铺成的路，也许是遥远处的一束星群，或者——我突然这样想——是我见到过的一个星座。它永远被留在那个地方，成为太空深处一个小小的、发着微光的星群。

白天和黑夜还在慢慢地延长。每次太阳升起的时候总要比落下去时显得阴暗，而那黑带的宽度在不断增加。

就在这个时候，出现了新的情况。太阳、地球和天空都突然变暗。显然，暂时地被遮住了。我有一种感觉，一种意识，地球在忍受着一场巨大的降雪。这时，使一切变得模糊不清的薄纱突然消失了。我再一次眺望远处，看到的是不可思议的情景。这房子以及花园下面的那个凹地，被灌满了雪，厚厚的雪延伸到我面前的窗台。到处是白茫茫的一片，即将灭亡的太阳发出昏暗的紫铜色光芒，照射在白雪上，白雪又把这幽暗的光芒反射出来。整个世界变成了一个没有影子的平原。

我抬头望着太阳，它虽暗淡，却十分清晰地散发着光芒。现在，我只能模模糊糊地看到它的一部分。太阳周围，天空已经变黑，一种深不可测的深灰色，似乎有一种敌意。有好大一会儿，我重新注视着太阳，心中充满恐惧，不免颤抖起来。黑色离我近在咫尺。如果我是个小孩的话,一定会悲伤地说,天空失去了它的屋顶。

过了一会儿,我转过身,看着屋中的一切,它们都被盖上了一层薄薄的白色,我只能通过照亮外面世界的昏暗之光来依稀地看到屋里的情景。白雪附在倒塌的墙壁上,地板上厚厚的、软软的百万年的尘土不见了。雪肯定是通过窗缝吹进来的,但它没有飘到别处去,只是平整地弥漫在这间大而古老的房间里。再者,这几千年中,并没有刮过风。但屋中确实有雪。

整个地球一片宁静。地球上的寒冷是任何活着的人都没经历过的。

现在,地球上的白天是由一种我无法形容的阴郁之光照亮的。我仿佛通过青铜色的大海看着那个大平原。

地球的旋转显然正在慢慢地停止。

末日突然来临。这一夜是最长的一夜。最后,当即将消亡的太阳出现在地平线上时,我像欢迎朋友一样欢迎它的到来。因为我对黑暗已经厌倦。太阳稳稳地升起,当它和地平线构成二十度的角度时,突然停止上升。经过一个逆向运动后,它挂在空中不动了——仿佛天空中的一个巨大盾牌。只有太阳的边缘还发着光——太阳边缘以及赤道附近的一条细细的光线。

慢慢地,甚至连这一丝光也消失了。我们伟大而光荣的太阳现在变成了一个死圆盘,边缘围着一圈薄薄的铜色的红光。

绿色之星

世界被笼罩在极度的阴暗中——寒冷而不堪忍受。外面，一片宁静，宁静！我身后漆黑的房间里，不时地传来物体下落的声音——那是风化的石头碎片。时间就这样流逝着，不可穿透的黑暗把整个世界笼罩起来。

没有我们熟知的夜色天空，甚至连最后几颗稀疏的星星也消失了。就我所见，我似乎被关闭在一间无光的房间里。在不可触摸的黑暗的对面，燃烧着幽暗的光圈。我周围广袤的夜空中不见一丝光线，而远在北边的雾状的朦胧之光还在闪烁着。

岁月在默默地流逝。我不知道过去了多少年，站在窗口，似乎觉得永恒悄悄地来，又悄悄地去。我仍然观察着。有时，我看到的只是太阳边缘的光亮。因为现在太阳开始来了又离去，即一会儿照亮世界，一会儿又消失不见了。

就在这期间，夜色突然被一道火焰划破——顷刻间一道明亮炫目的光线照亮了死气沉沉的地球。刹那间，我看到了地球孤独、凄凉的景象。那光似乎来自太阳，成对角线地从靠近太阳中心的某个地方发射出来。我吃惊地望了好一会儿。很快，跳跃的火焰沉了下去，黑暗再一次降落下来，但夜色不像以前那样浓。太阳被一道细细的强烈的白光环绕着。我瞪大眼睛，专心地看着。太阳上是否有火山爆发？然而，我马上放弃了这种想法。因为即使是火山爆发，也不会有如此强烈的白光。

另外还有一种想法，那就是，太阳系中的一个行星和太阳相撞，撞击的力量产生一种白热光并照亮死一般的地球。这条理论吸引着我，因它比较讲得通，能对那巨大灿烂的火焰做出更令人满意的解释。

我饶有兴味地、充满激情地望着宽广夜色中那一道白色火线。它一点不错地告诉我一件事：太阳仍然以巨大的速度在旋转。因此，我知道，岁月仍然在以无可计量的速度流逝。尽管就地球而言，生命和时光已在逝去的漫长岁月中失去很多。

自那次火焰爆发后，天空中又出现了光亮，但明亮的火光只是个带状的环形物。然而，我发现，那光亮慢慢开始变成红色。然后又变成深红色，就像当初太阳一样。很快，那色彩变得更深，并且随着时间的流逝，开始波动，有好长一段时间，还发着光，但很快就熄灭了。就这样，经历了好长一段时间后，太阳完全消失了。

在这之前很久，太阳模糊的边缘就已变得漆黑。所以，在那以后的时间内，漆黑寂静的世界是在黑暗的轨道上绕着死去的太阳旋转。

这一时期，我的思想无法用语言来描述。一开始杂乱无章，需要好好理一理，但后来，随着岁月的来去匆匆，我的灵魂似乎能接受那笼罩地球的令人难受的孤独和凄凉了。

有了这种感觉，思路也似乎清晰起来。于是，我绝望地认识到，地球也许将永远在无边的黑暗中漫游。好一会儿，我满脑子都是这种悲惨的想法，所以心里很是压抑，真想跟小孩子一样放声大哭一场。然而，这种感觉不知不觉地变得越来越淡，而心中产生一种无理性的希望。我耐心地等待着。

身后屋里物体沉闷的跌落声不时地传入我耳中。一次，我听到一声巨大的物体下坠声，便本能地转身望去，一时间忘了在这漆黑一片的屋子里一切都是看不见的。好一会儿，我的目光在天空中搜索，并不知不觉地往北移去。不错，那儿还有着模模糊糊的光亮。事实上，我一定是想象着，那光亮看上去会清晰一点。很长时间，我双眼紧盯着那亮光,孤独的心中认为那柔和的朦胧从某种程度上来说,是把过去和现在连接起来的一根纽带。奇怪的是,这种朦胧给人一种舒服的感觉,但我不能体会到这一点——要到适合的时候,我才会领略到其中的奥妙。

我就这样看了很长时间,没有一丝睡意,而要是生活在古老的地球上,睡意早就来拜访我了。我早就该迎接这种没有睡意的感觉,那样可以在迷惘和胡思乱想中打发时光。

好几次,令人不舒服的大块灰泥跌落的声音打断了我的思绪。有一次,我似乎听到背后房中有窃窃私语声。然而,又无法看清是什么。谁也想象不出房中有多黑暗,明显地,它给人一种可怕、残忍的感觉。似乎有样死去的东西紧贴着我———种平静、冰冷的冷酷。

就在这种感觉下,我内心深处产生一种巨大的、不可抵挡的不安和痛苦,使我陷入一种烦恼的沉思。我想,我必须同这种不安和痛苦作斗争。但很快,又希望把注意力转移到别处去。我便又转向窗外,抬头望着北方天空,寻找那星云状的白色。我仍然相信,那是我们早已离开的遥远而神秘的宇宙之光。就在我抬头望去的时候,我大吃了一惊,并激动起来,因为晦暗的光亮已变成一颗巨大的星星,泛着晶莹的绿光。

我一边惊奇地望着那颗绿星星,一边产生了这样的念头:就像我早已想象到的一样,地球在向那绿色星星移去,而不是离开。还有,地球原先离开的并不是宇宙,而是离开一颗外界星星,它躲藏在某个太空深处的巨大星群中。我既害怕又好奇地观看着,心想,展现在我面前的会是什么样的新景象。

好一会儿,模糊的思想和猜测占据了我的头脑,我的双眼贪婪地注视着那个亮点,或者说那个漆黑的洞穴,心中的希望驱逐了似乎让我感到窒息的绝望。不管地球飞向何处,至少它在向光明的区域飞去。光明!一个人只有在永恒的无声无息的黑暗中度过后,才会明白没有光明是多么可怕。

慢慢地,但是千真万确地,那颗绿色的星星进入了我的视线内,并且像以前在地球上看到的木星一样,闪闪发光。那星星越来越大,绿色也越来越清晰,就像一颗闪烁着火光、照耀世界的巨大绿色宝石。

岁月在默默地流逝,那绿色星星成了天空中一个明亮的光点。不一会儿,我发现一样东西,使我惊奇不已。那是夜色中一弯巨大的新月,形状模糊,似乎正从周围的漆黑中升起。我疑惑地看着,它似乎离我很近——只是相对而言。现在,我终于在茫然中明白,地球离它是那么的近,这是我以前从未见过的。

那绿色星星发出的光越来越亮。我想,尽管现在地球上的一切看上去很模糊,但很有可能不久就会看清楚了。好一会儿,我睁大双眼,想试试能否仔细看清楚地球表面的东西，却发现光线不足。于是，便放弃这一尝试，重新抬头看那星星。在很短的时间内，那星星变得很大。在我迷惘的视线下，已有满月的四分之一那么大了，而它射出的光线又是特别的强烈。然而，那颜色是那么的陌生，因此在我看来，这不是一个真实的世界，看上去更像一幅山水画。

那个巨大的新月越来越明亮，开始散发出一种绿光。并且越来越大，已有半个满月那么大了。就这样，那绿星星越来越大，散发的光越来越亮，绿色也越来越浓。而我眼前的那片荒野便越来越清楚地展现出来。很快，我能看清整个世界，在这种奇怪绿色的照耀下，显得冷清、可怕和凄凉。

不一会儿，那颗散发着绿色火焰的巨星开始慢慢由北向东移去。一开始，我不敢相信这是真的，但很快就消除了怀疑。那巨星在慢慢地向东沉下去，并且变得越来越小，最后只成为黑色天空中的一线弧光。然后，在它慢慢升起的地方消失。

当绿色星星移到和看不见的地平线构成约三十度角度的时候，尽管我看不清它是个圆盘，但它的大小和一个满月一样。这一事实使我想到它离我还是很远，很远。所以，它一定是很大很大。它的大小我们人类是无法理解和想象的。

就这样看着的时候，我突然发现绿色星星的下部不见了——被一条黑色的直线切割掉了。一分钟——或许是一个世纪——过去了，那星星越来越往下沉，已有一半看不见了。在远处的大平原上，一个在迅速前进的巨大黑影遮住了它。现在那星星只剩下三分之一了。在之后的一瞬间，我看到了那个奇异的景象，那绿色星星下沉到那个巨大的死亡太阳下面，或者说，在绿色星星的吸引下，正在上升的太阳向它移了过去，紧随其后的是地球。那星星被庞大的太阳完全遮掩掉，降临到地球上的又是徘徊不去的夜色。

望着这片夜色，一种令人无法忍受的孤独和恐惧向我袭来。我第一次想起了那个地洞以及里面的居住者。想起那些令人害怕、常常来到沉睡的海边、藏匿在这幢古老房子中的怪兽。现在，它们在哪儿呢？想到那些怪兽我便不寒而栗。一时间，恐怖包围了我。我胡乱地、语无伦次地祈求着光明的到来，以驱散笼罩世界的无情黑暗。

说不清我等了有多长时间——当然是很久，很久，突然，我眼前隐隐约约出现了一丝光亮，慢慢地越来越清楚。一束鲜明的绿光一下子划破夜色。在遥远的夜空中，我看到一线明亮的光辉。只在一瞬间，那光辉变成了一个巨大的火球，下面的世界沐浴在翡翠的绿色中。那光辉越来越大，很快，一颗完整的绿色星星再次映入我眼帘。但现在，它不再是颗星星了，因为它变得很大很大，比远古时期的太阳要大得多。

看着看着，我看到了那没有生命的太阳的边缘，像一轮巨大的新月闪闪发光。明亮的表面在慢慢变宽，能看到它的半径了。而那颗星星开始向我右边移去。时间在流逝，地球也在没有生命的太阳的巨大表面上慢慢走过。

与此同时，那颗星星还在向右移去。最后，它来到屋子后面，一束阴晴不定的光线，穿过骨架一样的墙壁，射进屋里。我抬头望去，只见大部分天花板已经消失。所以，我能看到上面一层的屋子，它们更为破烂。屋顶早就没了，闪烁的绿色星光倾斜着照了进来。

太阳系的末日

　　我现在站的地方,曾经是一排窗子,就是通过这些窗子,我看到了那个带来毁灭的黎明。而现在,从这儿,我看到的太阳要比一开始绿色星星照亮世界时的太阳来得大,它的底部边缘几乎要碰到远方的地平线了。这样望着的时候,我还想象着太阳离我越来越近,而照亮冰冻地球的绿色光辉也越发明亮。

　　这种景象维持了很长时间。突然,我发现太阳的形状起了变化,变得越来越小,就像很久以前的月亮一样。不一会儿,明亮部分只有三分之一还对着地球。太阳的右边是那颗绿色星星。

　　随着地球的慢慢移动,绿色星星的光芒再一次投在屋子前。尽管还能看到太阳,但它只是一把绿色的大弓,而且,只在一瞬间就消失了。那绿色星星还是悬挂在空中。整个地球被太阳的阴影所笼罩,一切都处在夜色中——漆黑无光、不堪忍受的夜晚。

我头脑一片混乱,眺望着夜空——那是在等待。也许,许多年又过去了。就在这时,我身后漆黑的屋子中的沉寂被打破。我似乎听到了许多脚步声,还有隐隐约约的、听不清是什么的私语声。我转身朝黑暗中望去,看到许多双眼睛。在我望着它们的同时,那些眼睛变得越来越多,并且在向我靠近过来。我一时被吓得呆呆地站在那儿,不能动弹。紧接着,夜空中传来一阵可怕的猪叫声。一听到这声音,我便从窗子中跳到外面冰冷的世界。我迷茫地跑了一会儿,然后,停下来,等待着,等待着。好几次听到尖叫声,都是从远处传来的。除了这些尖叫声外,我不知道那屋子在何处。时间在流逝,除了寒冷、绝望和恐惧外,我没有别的感觉。

似乎过去了一个世纪,那边出现了亮光,表明光明的到来。渐渐地,随着一种隐隐约约的超然的辉煌,绿色星星的第一道光线照射在黑色太阳的边缘上,也照亮了整个世界。只见约莫二百码处,有一个庞大的已毁坏的结构,那是房子的废墟。突然,我看到了可怕的一幕——一大群邪恶的东西,正在翻越那些墙壁,从摇摇欲坠的塔楼到地下室,几乎占满了整个古老的大楼。我看得清清楚楚,它们是猪怪。

地球沐浴在绿色星星的光线之下。我看到，那绿色星星似乎占据了四分之一的天空。它显得苍白的光辉是如此的灿烂，以至于天空中似乎满是跳跃的火焰。我还看到了太阳，它看上去很近，一半已沉落到地平线的下面去了。当地球在它面前旋转而过时，它就像一个翡翠色的巨大火球的圆顶，高耸在天空中。我不时地朝那屋子望一眼，那些猪怪似乎并不知道我就在它们附近。

岁月在慢慢流逝，地球似乎来到了太阳圆盘的中心。绿色太阳的光线——现在必须称之为太阳了——穿过那座古老房子已倒塌的墙壁间的裂缝，使这一大堆废墟看上去似乎笼罩在绿色的火焰之下。猪怪们还在墙上爬行着。

突然，传来一阵猪怪的吼叫声，同时，从无顶的房子中央，冒出一个巨大的血红色的火柱。在熊熊烈火中，一个个小塔楼或角楼似乎在扭动着。绿太阳的光芒照射在屋子上，和可怕的红色火焰掺和在一起，那房子看上去就像是一个充满红绿色火焰的大熔炉。

我被这一景象吸引住了，目不转睛地看着。突然，我强烈地意识到有危险向我袭来。我迅速抬头望向天空，只见太阳正在向我逼近。它离我那么近，事实上，它似乎就悬挂在地球的上方。也不知是怎么回事，我被一下子提升到一个陌生的高度，像一个气泡一样，在可怕的灿烂中飘浮。

地球就在我脚下，熊熊的烈火越烧越旺。火焰像座大山，不断升入空中，把周围的地方照得一片通亮。有好几处，黄色的火焰变成一个个圆圈，不断地从地面上冒出来，这个火灾区似乎要把整个地球点燃。我还依稀地看到那些猪怪，它们似乎并没有受到什么伤害。突然，地面似乎在下陷，那屋子以及里面那些污浊的家伙都在地球中心消失了，只留下一股奇异的、血红色的烟雾，升入空中。我想起了屋子下面地狱般的地洞。

我环视四周，在我上方是那个巨大的太阳，它和地球间的距离在迅速缩短。突然，地球似乎向前射过去。不一会儿，便来到了太阳旁边。我没有听到任何声音，但从太阳表面，喷出一个不断变大的耀眼火舌。地球跳跃着，向远处的绿太阳奔去，慢慢消失在绿太阳散发出的瀑布似的耀眼的火光中，最后沉落。太阳表面出现一个难看的巨大白色斑点——地球之墓。

现在，太阳离我很近。很快，我发现自己在不断升高，最后来到太阳上方的一片空旷中。此时的绿太阳大得几乎占满了我眼前的整个天空。我朝脚下望去，太阳正好在我下面经过。

也许一年或一个世纪过去了，我一个人悬浮在空中。眼前远处是漆黑的太阳，太阳后面是散发着绿色光芒的巨大绿太阳。在它一个边缘附近，有一块可怕的苍白处，那儿就是地球落下去的地方。它告诉我，已死去很久的太阳还在旋转,尽管速度很慢。

有时我会看到一束隐隐约约的亮光从我右边的远处传来。我一直犹豫着,不知是否要把这现象写下来,然后加以想象。所以,我只是观看了好一会儿,心里充满了新的疑问。但最后,我还是明白了,那不是一种想象,而是事实。那亮光越来越大,不久,绿色光芒中滑出一个光线柔和的白球,慢慢向我这边移过来。我看得很清楚,光球外面被一些柔和的发着亮光的云朵包围着。时间在流逝……

我瞥了一眼正在缩小的太阳。现在,它只是绿太阳表面的一个黑色斑点。只见它越缩越小,似乎在以一种惊人的速度冲向那个辉煌的绿球。我专心致志地看着。会出现什么情况?当我意识到它将与绿太阳相撞时,产生了一种异样的感觉。现在,它只有豌豆那般大小。我全身心地看着,想亲眼看见我们所处的太阳系的末日是如何的。这个已孕育了我们的地球千百万年的太阳系,经历了许许多多的悲欢离合,可现在……

突然,我视线内出现了某样东西,遮住了我一心想看的奇观。死太阳发生了什么事?我没看见,但我相信——鉴于我后来看到的一切——太阳投入绿太阳的奇异的火光中,然后消失了。

一个非同寻常的问题出现在我脑海,这个燃烧着绿色火焰的大球不可能是那个巨大的中心太阳——即我们的宇宙和其他无数天体环绕的那个巨大太阳。我一片迷惘。我想起了那个死太阳，也许刚才的一幕是它的末日。于是，又一个设想惊奇地跃入我的脑海——那些死星星会不会把绿太阳作为它们的墓地呢？这想法一点都不让我觉得可笑，反而认为是很有可能的。

天　球

　　有一段时间，我满脑子胡思乱想，以至于只能盲目地望着眼前的一切。我似乎被淹没在由怀疑、惊异和痛苦的回忆构成的大海中。

　　后来，我从迷惘中挣脱出来。我恍恍惚惚地朝周围看去，一个奇特的景象使我惊奇地相信我已摆脱那些杂乱的幻想。从那有着统领地位的绿太阳中，出现许许多多发着柔光的圆球，组成一个巨流。不可思议的是，每个圆球外面是看上去像软毛织物的云朵。它们来到一个离我不知有多远的地方，分别停留在我的上方和下方。它们不仅挡住了绿太阳的光芒，还使周围产生一种柔和的光亮，这光亮把我包围起来。不管是以前还是现在，我都没有遇到过这种情况。

我很快便发现这些圆球有些透明，似乎是由一种模糊的水晶做成的，里面还散发着一种柔和的亮光。它们不紧不慢地继续向前漂移，从我身边经过。前面等待着它们的，似乎是永恒。我观看了它们好一会儿，感觉不出它们会如何消失。在那朦朦胧胧的水晶圆球中，我似乎不时地可以看到脸的轮廓，但由于它们处在浓雾中，显得似真似假。

我等了好长时间，心中越来越感到愉快。我再也不会处在无法形容的、几百万年的孤独中了。我的这种快乐感越来越强烈，我宁愿永远和那些天球在一起飘荡。

岁月在流逝，我能越来越多地看到那些模糊的脸庞，而且看得越来越清楚。我不知这是不是因为我的灵魂越来越适应这种环境，也许是的吧。但不管是否如此，我现在对一件事实是完全相信的，那就是，我觉得自己处在一种新的神秘中。这神秘告诉我，事实上我已来到一个想不到、说不清的地方———个微妙的、模糊难辨的地方。

这些发亮的圆球组成的巨流继续以一种不变的速度从我身边流过。我还是看不出它们有消失或缩小的任何迹象。

我一直是默默无声地悬浮在天空中。突然，有一股不可抗拒的力量把我拉向正从我身边经过的一个天球。很快，我来到那圆球边，我没受到任何阻力便滑到了圆球里面。一时间，我什么都看不清，只好好奇地等着。

突然，在一片寂静中，我听到一个声音，像是平静的大海发出的低语声——沉睡中的大海的呼吸声。使我视线变得模糊不清的浓雾开始驱散开去。于是，我再一次看到沉睡中的大海的平静而无声的海面。

好一会儿，我注视着眼前的一切，简直不敢相信自己的眼睛。我扫视一下四周，在昏暗的地平线上方不远处，是那个飘浮着的巨大火球，样子跟我以前看到的一样。我的左边，大海的对面，我看到一条隐隐约约的雾带，我猜想那是海岸线。就是在那儿，许多万年前我还生活在古老的地球上时，在那灵魂激荡的美好时期，我遇到了我所爱的人。

另一个让我困惑的记忆跃入我脑海——那个经常到沉睡的大海海岸上去的没有形体的东西，守护着那片无声无息之地的守卫者，这些，以及其他一些事情都回到我的脑海。现在，我毫不怀疑地相信，我看到了那片相同的大海。所以，我又惊又喜，身体在期待中发抖。因为我想，很有可能我马上又要见到我的爱人了。我一心一意注视着四周，但不见她的踪影。我有些失望。我热烈地祈祷，焦虑而渴望地注视着四周……大海是多么地平静啊！在我遥远的下方，我看到许多变化无常的火焰，这是我很久以前就看到的。现在，我模模糊糊地想着，是什么东西引起这些大火的？我还记得，当初我就想问我亲爱的这个问题和其他许多的问题。但我还没问到一半，就被迫离她而去了。

我的思绪跳了回来。我觉得自己被什么东西碰了一下，于是迅速转过身去。天哪,我尊贵的上帝啊——是她!她带着一种渴望,抬头注视着我的双眼,而我也全身心地低头朝她看去。我真想过去拥抱她,但她的一脸纯情使我离她远远的。于是,从缠绕的浓雾中,她伸出那可爱的双臂,并对我低低私语。声音轻柔得像一朵白云飘过时发出的沙沙声。"亲爱的!"她就说了这一声,但我已听到了。于是,我一下把她拥入怀中——永远地——就像我祈祷的那样。

过了一会儿,她说了许多事情,而我只是听着。我真愿意能永远这样和她在一起。偶尔,我也低声回答她几句。我的低语使她脸上再一次泛出难以形容的美丽的红晕——那是绽开的爱情之花。慢慢地,我说起话来更随意了。她听着我所说的每一个字,并且愉快地作着回答。我来到了天堂。

这是我们两个人的世界,我和她。只有宁静的、宽阔的空间在注视着我们,只有平静的海水在聆听我们的谈话。

那些被白云包围的飘浮的圆球,很久以前就消失得无影无踪了。我们望着宁静辽阔的天空,只剩我们两个了。天哪!我宁愿一直这样下去,就我们两个,但不会感到寂寞!我有了她,更重要的是,她有了我。啊,一个万古的我。一想到这,以及其他一些事情,我真希望我和她在以后这些年中,能够永远地活下去。

黑太阳

　　说不准在幸福的臂弯中我俩的灵魂躺了多久，但我突然从欣喜中惊醒，照亮沉睡的大海的柔和之光越来越暗。带着一种不祥的预感，我朝那巨大的白球转过身去，它的一面已向里凹陷，似乎有一个突出的黑影在它表面掠过。我一下子想了起来，我们上次分手之前，黑暗也是这样到来的。我疑惑地朝我爱人转过身去，一下子意识到灾祸的降临，因为在短暂的一刹那，她已经变得非常苍白和不真实。她的声音似乎是从很远处传过来的，她的双手摸上去不再像夏天的风那么柔和，并且不再那么有感觉了。

　　那个大圆球的一半已被遮掩住。我感到一阵绝望，她就要离开我了吗？是不是和以前一样，她必须离开我了？我担心害怕地问她，而她依偎得更紧了，用那种奇怪、遥远的声音解释说，在黑太阳——她是这样说的——把光线遮住之前，她必须离开我。我担心的事情一得到证实，我便陷入了绝望，只是无声地、呆呆地望着平静的海面。

白球表面的黑影在迅速蔓延，而如果在地球上，肯定已过去了许多年。这是人类无法理解的。

最后，只剩一轮苍白的新月照射着现在已是昏暗的海面。她一直拥抱着我，那种温柔，我以前从未意识到。我们一起等待着，由于内心的悲伤，不说一句话。她的脸庞在昏暗的光线下时隐时现，和我们四周的黑暗的浓雾融合在一起。

当照亮海面的只剩一条细而弯的柔和白光时，她放开了我——轻轻地把我推开。我耳中传来她的声音："亲爱的，我不能再待下去了。"那声音最后变成了抽泣声。

她似乎飘浮着离我而去，慢慢消失。黑暗中，隐隐约约地传来她的说话声。显然，是从一个很遥远的地方传过来的。

"请稍等。"她的声音在远处慢慢消失。就一眨眼工夫，沉睡的大海变成漆黑一片。在我左边，我看到一个柔和的光亮一闪而过。与此同时，我觉得自己不再是在平静的海面上，再一次被悬浮在无限大的太空中，而面前就是那个现在被一个巨大黑球侵蚀的绿太阳。

我迷惑地、几乎是无所适从地注视着在黑色边缘上方跳跃着的绿色火环。我的思绪一片混乱，可我还在糊里糊涂地想着那些奇形怪状的绿色火焰，许许多多的问题困扰着我。我想念着她，甚于思考我眼前所见的一切。我的悲伤以及对未来的想法占据了我的整个身心。是不是命中注定我总要和她分开？甚至在几万年前生活在地球上时，她属于我的时间就那么地短暂，然后她就永远地离开了我。自从那时以后，除了这次，我一直是在沉睡的大海上看到她的。

一股怨恨之情，夹着一些可怕的疑问从我心中油然而生。我为何不能随我爱人而去？凭什么要把我俩拆开？为什么让我一个人孤独地等待，而她却长眠在平静的大海深处呢？沉睡的大海！我的思绪毫无结果地从这痛苦的隧道中退出，去思考一些新的、令人绝望的问题。沉睡的大海在哪儿？它在哪儿？我刚刚在海面上和我的爱人分开，它就完全消失了。她不可能离我很远！还有那个我看见藏在黑太阳后面的白球！我的视线落在了绿太阳上——被侵蚀！是什么侵蚀了它？它是否被一颗巨大的死亡之星围住了？难道那个中心太阳——我以前是这样称呼它的——是个双星？这个想法自然地出现在我脑海，然而，难道不该如此吗？

我的思绪又回到那个白球上，真奇怪，怎么会这样的？等等，突然，一个新的想法出现了。白球和绿太阳！它们会是同一个星球吗？我使思绪倒退,想起了那个曾把我莫名其妙地吸引住的发亮的球。奇怪的是,我居然在短时间内把它给忘了。其他星球在哪儿呢?我的思绪又回到我已进入的地球。我想了一会儿,便渐渐明白了。我想,我进入这个令人费解的星球,就等于进入某个更深远但又看不到的太空深处。那儿,绿太阳仍在闪闪发光,但看上去像是发着一种奇异白光的白球,像是幻影,不是实体。

就这一问题,我一直在苦思冥想。我记得刚进入地球时,那些星球是如何从我眼前消失的。我用了很长的时间,回想着不同的细节。

不一会儿,我的思绪转到了别的事情上,回到现实中来,并开始环视着四周。第一次,我看到无数精致的紫罗兰色的光线从多个方向刺破那怪怪的、半明半暗的夜空。这些光线来自于绿太阳火一般热情的边缘,它们似乎越来越多。一会儿工夫,我看到了无数这样的光线,以扇形从绿太阳那儿射出,充满整个夜空。我推测,我之所以能看到这些射线,完全是因为日蚀的缘故。它们射向空中,在远处消失。

慢慢地,我发现有一种强光的亮点穿过这些光线,向远处移去。它们中,有许多像是来自绿太阳,另外一些来自空洞的太空,向太阳移去。它们都成一条直线,迅速向前行驶着。只有当这些亮点来到绿太阳的附近,或离开绿太阳时,我才看清楚它们是一个一个的亮点。离开太阳更远时,它们变成紫罗兰色中无数条细细的明亮火线。

这些亮点和移动的光线使我产生了极大的兴趣。它们这样大量地出现，要驶向哪儿呢？我想起了太空中的那些世界……还有那些火花！使者！也许，这是一种荒诞的想法，但我一点都不觉得。使者！来自中心太阳的使者！

一种自发的想法在慢慢形成。绿太阳是某种超常智能的居住地吗？这想法使人迷惑不解。我模模糊糊地有这种说不清的幻想。事实上，我是否已来到了永恒的住所？我默默地驱逐这种想法。太奇异了！但是……

一些模糊但惊人的想法在我心中诞生。突然，我觉得自己一下子明白过来，不由得颤抖起来。

天哪……那是幻想吗？

我的思绪来来去去，很不稳定。沉睡的大海——还有她！天空……我一下子回到现实中。从我身后空荡荡的太空中，冲出一个巨大的黑影——庞大但毫无声息。那是一个死亡之星，正迅速飞往星星的葬身之处。它行驶在我和一些中心太阳之间，遮住了那些太阳，使我处在一片漆黑中。

一个世纪过去了，我再一次看到紫罗兰色的光线。很久以后——肯定又是一个极为漫长的时间——眼前天空中出现一个亮光。在这亮光中，我看到那颗日趋缩小的星星。我知道，它正在接近那些中心太阳。

很快,在夜色中,我清楚地看到绿太阳明亮的光环。那星星已进入死亡太阳的阴影中。以后,我只是等待着。奇异的岁月在慢慢流逝,而我一直在专心地观望着。

我期待着的终于突然而可怕地来临了。一大片耀眼的火光,夜空中爆发出一股白色火焰。不知过了多久,火焰向外聚增,成为一个巨大的蘑菇形火球后,不再变大。然而,过了一会儿,又慢慢缩回去。现在,我可以看到,这火球来自于黑太阳中心附近的一个亮点。巨大的火焰还在不断地向外延伸。然而,和死亡太阳相比,这颗星星的墓地就像是木星照射在海面上的光亮一样微不足道。

我可以在这儿再一次重申,没有语言可以描述出两个中心太阳有多么庞大。

黑色星云

漫长的岁月匆匆而过，那颗闪闪发亮的星星发出的光变成了深红色。

我是后来才看到黑色星云的——一开始，它还只是在我右边的令人难以理解的云块，慢慢成为夜空下的一个黑团。说不清我观看了多久，因为我们通常认为，时间是过去的事情。那云块像一个不成形的巨大怪物向我移过来，像来自阴曹地府的云雾，瞌睡般划过夜空，像一道帷幕遮挡在我面前，使我什么都看不见。我感到一阵恐怖，同时心里充满了新的好奇心。

统治了好几百万年的绿光被漆黑的幽暗所代替。我一动不动，注视着周围。一百年疾驰而过。我偶然看到有暗红色的亮光在我面前飞过。

我热切地注视着,很快,在模模糊糊的夜色中,我看到一些呈混浊红色的圆形物体。不一会儿,它们变得清晰了。现在,我可以清清楚楚地看到它们了:一些淡红色的球,大小和我以前看到的发亮的球相仿。

它们继续在我面前飘浮而过。渐渐地,我感到很是不安,对那些在我面前经过的球产生一种厌恶感和恐惧感,而这种感觉只是凭直觉,说不出什么理由。

在这些球中,有些特别明亮,就在这其中的一个球中,突然出现一张脸,一张人类的脸,一张因痛苦而扭曲的脸。我被吓了一大跳。这是我以前从未想到过的痛苦。当我发现那双瞪着的眼睛是瞎的时候,我觉得更加痛苦了。我长久地注视着此球,只见它消失在周围的黑暗中。后来,我看到了其他一些球,里面都有一张绝望而痛苦的脸,都是瞎子。

很长时间过去了。我发现自己在靠近这些圆球,便不安起来,然而我现在不再像看到那些痛苦的脸之前一样害怕那些奇异的圆球了,因为我的同情淡化了我的恐惧。

后来,毫无疑问,我被带着接近那些红球,而且很快,我飘荡在它们中间。不一会儿,我发现一个球向我逼近过来,而且我已无法逃脱开去。很快,它便来到我上方,我淹没在深红色的迷雾中。待这雾散去时，我迷惑地注视着辽阔的寂静的平原。一切就像我第一次看到它时一样。我持续地向前行走在这平原上，前方是照亮这地方的巨大的血红色光环。周围出奇地宁静，就像我以前在它的荒凉中行走一样。

不久，在幽暗的红色中，我看到了高耸在天空中的巨大圆顶山峰，就是在这儿，不知多少万年以前，我第一次看到了许多恐怖的事情。就是在这辽阔而宁静的地方，在一千个沉默之神的监视下，坐落着这幢充满许多秘密的房子——在地球去吻太阳之前，我看到了这房子被地狱之火吞没，并永远消失。

尽管我能看到圆圆的山顶，但很久以后我才看清楚这些山峰的下半部分，也许是因为这平原的表面萦绕着奇异的红色迷雾的缘故吧。不管是否如此，我最终还是看清楚了。

又过了一段时间，我离这些山峰已很近，它们似乎就悬垂在我头顶上。很快，我看到了敞开在我面前的那个大裂缝。我不由自主地飘了进去。

后来，我来到了那个巨大的圆形竞技场上，就在这儿，在离我约五英里处，是那幢巨大、宁静、像怪兽一样的房子——位于那个大山峰的中心部位。到目前为止，我发现那房子并没有任何变化，就像我昨天才看到它一样。周围，阴沉、恐怖的巍峨大山沉默不语，皱眉俯瞰着我。

我右边的远处，在高不可攀的山峰中，是骇然耸现的走兽之神。再往高处，离我几千英寻处，高高耸立在红色阴影中的是恐怖之神令人害怕的形体。我左边，是灰色的神秘费解的无眼怪兽。再往远处，依附在悬崖峭壁上的是青黑色的食尸鬼，在漆黑的山峰中，这颜色代表着邪恶。

我慢慢地在巨大的竞技场上飘移着，与此同时，我看到了许多其它藏匿在这些高峰中的怪物的模糊身影。

渐渐地，那房子离我越来越近，我的思绪穿过无尽的岁月，飞回到过去。我想起了那个可怕的鬼地方。不一会儿，我发现自己正在向那无声的大房子直接飘荡过去。

大约就在此时，我冷静地感觉到自己变得麻木起来。按理接近那高大建筑物的时候，我一定会很恐惧的，但我一点都不害怕。所以，我镇静地观察着那房子，就像一个人透过他吐出的香烟烟雾看一场灾难一样。

不一会儿，我离那房子已很近，可以看清它的面目了。我看的时间越长，就越肯定这所奇怪的房子和我很久以前脑海中留下的印象完全相似。除了它的巨大外，我看不出它的不同之处。

看着，看着，突然，我心中充满了惊奇。我面对的是通往书房的外面那扇门，躺着跨在门槛上的，是一块长石头，除大小和颜色外，和我在塔楼上推下去砸猪怪的石头一模一样。

我对那房子飘荡得越近，就越发吃惊。因为我发现那门靠铰链的一边一部分已损坏，样子完全跟当初猪怪们袭击我书房之门想闯进来时一样。这情景引起我一连串的想法。我开始朦胧地追溯，认为，对这房子的攻击也许比我所想象的有更深远的意义。我记得当初过着古老的地球生活时，我就半信半疑，尽管说不清楚，但认为我住的那所房子在什么方面与那个无与伦比的平原上的巨大建筑物有着某种关联。

现在，我开始迷迷糊糊地明白我当时的怀疑意味着什么了。我现在比普通的人类更明白，我所击退的那次攻击，跟对那奇怪的高大建筑的攻击有关。

出于好奇，我的思想突然转向造那房子的材料上去了。就像我早已提起过的一样，那房子是一种深绿色。然而，由于我现在离它很近，我发现那颜色不时地在波动，尽管幅度不是很大，时隐时现，就像当你在黑暗中在双手间摩擦磷时所散发出的烟雾一样。

不久，我的注意力被分散了，因为我来到了大门口。在这儿，我第一次害怕起来，因为在一瞬间，那两扇大门向后打开，我毫无帮助地飘了进去，里面是一片令人费解的漆黑。我刚跨过门槛，两扇大门便无声无息地关上。把我关在这黑暗中。

有一会儿工夫，我似乎一动不动地悬浮在这片漆黑之中。然后，觉得自己又在移动了，但不知自己在哪儿。突然，脚底下似乎传来猪怪的喃喃低语声。这声音慢慢地消失，随之而来的寂静中充满着恐惧。

前面有扇门被打开，出现一种朦胧的白光。我慢慢飘进一个似曾相识的房间。突然，传来一阵莫名其妙的尖叫声，几乎要震聋我的耳朵。我模糊地看到一朵燃烧的火焰。有好一会儿，我失去了任何感觉。后来，我恢复了视觉。在迷迷糊糊、头晕目眩的感觉过后，我能清楚地看到一切了。

贝　泼

我坐在我的那把椅子里，又回到了这间旧书房中。我扫视了一下房间。奇怪的是，有一小会儿，房间在抖动，看上去像虚幻的一样。待这情形消失后，我发现这儿并没发生什么变化。我朝那边的窗子望去——百叶窗被拉上了。

我摇摇晃晃地站起来。这时，门那边发出的一种轻声引起了我的注意，便朝那边望去。那门似乎正在被轻轻地关上。我睁大双眼，发现自己肯定是搞错了——那门似乎被关得紧紧的。

经过一番努力，我来到窗边，望着窗外。太阳正在升起，照亮了杂草丛生的花园。约有一分钟时间，我站在那儿，看着。一只手迷惘地抚摸着我的额头。

在一阵迷乱中,我突然想到了什么。于是迅速转过身,嘴里喊着贝泼的名字。没有听到回答,我便踽踽着走了起来,同时恐惧向我袭来。我一边走,一边想喊它的名字,但我的双唇已麻木。我来到桌子旁,向贝泼俯下身去,急切地想看看它。贝泼就躺在桌子的阴影下,刚才在窗子旁我看不清它。在我俯下身去时,我吃了一惊。那儿没有贝泼,我伸手想摸的是一小堆长长的灰色的尘埃……

我那半蹲半站的姿势,肯定被保留了好几分钟。我感到迷乱,或是麻木。贝泼真的化为尘土了。

花园里的脚印

贝泼死了！即使是现在，我有时也不能相信这是真的。自从我从那奇怪而可怕的穿越时空的旅程中回来后已有好几个礼拜了。有时，我会在梦中重温那可怕的经历。醒来后，就会一直想着。那个太阳——那些太阳真的是神秘天空中伟大的中心太阳吗？整个宇宙就是围绕着它们旋转吗？有谁知道呢？那些永远在绿太阳的光辉下飘浮的明亮圆球！那些飘浮的圆球下面的沉睡的大海！这一切是多么地不可思议啊！要不是因为贝泼，即便我已亲眼看见了许多不寻常的事情，我也一定会认为这仅仅是一个惊人的梦而已。还有那个带有许多红色圆球、总是在黑太阳阴影中漂移的可怕星云，那个沿着巨大的轨迹飞行、永远被黑暗包围的黑太阳。那些注视着我的人类面孔！天哪，这一切或者这种事情真的存在吗？我书房的地板上还保存着那一小堆灰色的尘土。我不会让别人碰它的。

有时，当我心情比较平静的时候，我会想，太阳系中的那些星球会怎样呢？我曾经认为，它们也许离开太阳，旋转着飞到太空中去了。当然，这仅是一种猜测。有太多的事情令我好奇。

既然我现在在写，就让我写下来吧，我相信将有可怕的事情要发生。昨晚发生了一件事，它带来的恐惧远比那壕沟带来的恐惧来得大。现在，我想把它写下来，如果还有更多的事情发生，我会尽量及时把它们记下来。我有一种感觉：这最后一次发生的事情带来了最大的恐惧。就是现在我把它写下来时，还紧张得瑟瑟发抖。我觉得死亡马上就要来临了。并不是我怕死——因为每个人都要死的，而是空气中充满着死的气息——一种看不见、摸不着的令人毛骨悚然的恐惧。昨天晚上我感觉到了。

昨晚，我正坐在这书房中写着东西，通往花园的门半掩着。一条金属的狗链不时地发出低低的撞击声。既然贝泼死了，我又买了一条狗，那链子就系在它的身上。我不愿把它关在屋子里——不愿让它步贝泼的后尘。我还是想在屋子里养条狗比较好一些，狗是讨人喜欢的动物。

我沉浸在我的工作中，时间过得真快。突然，外面花园里的小路上传来一种轻轻的脚步声——"啪哒""啪哒""啪哒",听上去鬼鬼祟祟,很是神秘。我有些紧张地朝花园中望去,但在夜色下,什么都看不见。

那狗吠叫起来,并且持续了很长时间。我吃了一惊,专心地听了约莫一分钟时间,但什么也没听到。过了一会儿,我拿起放下的笔,开始写起来。紧张的感觉早已消失,因为我想那声音是狗在它窝里走动时发出的。

大约一刻钟后,那狗突然又叫了起来,而且声音中带着明显的悲伤。我"嗖"地跳起来,扔掉手中的笔,使正在写的纸头上洒满了墨水。

"该死的狗!"我咕哝了一句。就在我说这句话的时候,又传来那奇怪的声音——"啪哒""啪哒""啪哒",而且已很近,几乎就在门口了。所以,我想,不可能是那狗,系住它的链条不可能让它走到门口。

又是狗叫声,而且我下意识地觉得叫声中充满着害怕。

外面的窗台上,我看到了蒂泼,我姐姐的宠物猫。只见它跳起来,尾巴上的毛蓬松起来。有好一会儿,蒂泼一直保持这种姿势,似乎在朝门口的方向看着什么。后来,蒂泼沿着窗台往后退,直到窗边,再也不能后退。它僵硬地站在那儿,样子就像受到了极大的惊吓。

我既迷惑又害怕,从角落里操起一根棍子,手里还拿着一支蜡烛,悄悄朝那门走去。快到门口,仅差几步时,我不由得感到一阵恐惧,是何原因,我说不清楚。这恐惧使我立刻往回退,同时双眼紧盯着那门。

要是在以前,我肯定会给门加上更多的横木,紧紧上好门闩。但我已把门修理过,并且加固,所以此门比以前要牢固得多了。我像蒂泼一样,无意识地不断往后退着,直到墙角把我堵住。我紧张地、心神不安地看了下四周,目光一下子落在枪架上。

我急奔过去,可又停止了脚步。因为我知道这些枪是派不上用场的,尽管我不知道其中的原因。外面花园中,狗又叫了起来,叫声怪怪的。

突然,蒂泼发出一声长长的尖叫声。我猛地朝它的方向望去——一个发亮的、鬼一般的东西把蒂泼围了起来。那东西变成一只发光的、透明的手。手掌中柔和的绿色火焰在蒂泼上方摇曳着。只见在蒂泼发出最后一声恐怖的尖叫声后身上便冒出烟,燃烧了起来。我吓得屏住呼吸,身体紧靠在墙上。蒂泼所处的阳台上弥漫出一股绿色的、奇异的烟雾,使我只能依稀看到燃烧着火焰。一股恶臭味飘入书房中。

"啪哒""啪哒""啪哒"——什么东西从花园小径上经过,一股淡淡的臭味夹杂着火焰味通过书房的门飘了进来。

那狗沉默了一会儿后,现在发出尖尖的、痛苦的长吼声。后来,只是偶然发出一种像是受到控制的害怕的呜咽声。

过了一会儿,花园西边的大门发出"砰"的一声。过后,再也没有发生什么,甚至连狗的悲吼声也听不到了。

我肯定在那儿站了好几分钟。待心中增添些胆量后,便害怕地朝门冲过去,把它推上,并用门闩闩好。然后,足足半小时,我无助地坐下来,呆呆地望着前方。

慢慢地,我回过神来,摇摇晃晃地上楼睡觉去了。

这就是事情发生的经过。

来自竞技场的猪怪

今天一清早,我便到花园中去察看。但花园中的一切跟往常一样,没什么不同。我察看书房门边的路,看看是否留下脚印,同样一无所获,没什么能告诉我昨晚所做的噩梦。

当我来到狗那儿,想跟它说话时,我才发现,昨晚发生的事是真的。当我来到狗窝时,那狗就躲在里面,蜷缩在一个角落里。我不得不哄它出来。最后,它终于出来了,但样子充满了恐惧。我用手抚摸它的时候,它身体左侧腹部的一个绿色斑点引起了我的注意。一看,那儿的皮毛已被烧掉,露出的新肉也已被烧伤。伤口的形状很奇特,像一只巨大的猛禽的爪或手。

我站在那儿，思考着，目光转向书房的窗户。冉冉升起的阳光照射在窗子下角被烟熏过的地方，使那地方由绿变红，又由红变绿，进行着奇异的变化。啊！毫无疑问，那又是一个证据。昨晚我看到的可怕之物一下子出现在我脑海。我再一次看那狗，终于明白那可恶的伤口是怎么回事，而且明白我昨晚看到的一切都是真的。我感到一阵伤心。贝泼！蒂泼！还有眼前这可怜的动物……我又回过头去，只见它正在舔那伤口。

"可怜的东西。"我轻声说道，并弯腰抚摸它的头。那狗站起来，用鼻子嗅了嗅我的手，然后热情地舔了起来。

不久，我离开那狗，干别的事去了。

吃过中饭，我又去看那狗。它似乎很平静，不愿离开它的窝。从姐姐那儿，我得知它不肯吃东西。她告诉我此事的时候显得有些迷惑，尽管并不怀疑发生了什么可怕的事。

这一天平安无事地过去了。吃过茶点后，我又去看那狗，它似乎不高兴，有些不安宁，一点都不想离开那窝。天黑了，在把它的窝锁起来之前，我把它移到远离墙边一些的地方，以便今晚我可以通过那扇小窗看到那狗。我甚至想把它带到室内过夜，但想了想后还是把它留在了外面。我不敢说室内会比花园安全多少，当初贝泼就是在室内，然而还是……

现在是两点钟。从八点开始，通过书房的那个小窗，我就一直注视着那狗窝。然而，什么都没发生，而且我也太累了，我想上床睡觉……

整个晚上，我一直很不安。我以前可从未如此过。直到早晨，我才睡了几个小时。

我一早就起床，吃过早饭后，便去看那狗。它很安静，但不高兴，也不愿离开窝。我想，附近要是有兽医就好了，我一定会带它去看的。一整天，那狗没吃一点东西，但想喝水，把给它的水贪婪地全喝光了。看到这，我终于松了口气。

夜色来临，我来到书房，打算像昨晚一样，注视那狗窝。通往花园的门被安全地闩好了。使我高兴的是，窗子上都有栅栏……

夜晚，午夜已过。到现在为止，那狗一直很安静。从我左边书房的窗子中，我可以隐约看到狗窝的轮廓。第一次，那狗动了一下，传来链条发出的声音，我迅速朝外面望去。不一会儿，那狗又不安地动了一下，而且从狗窝里面射出一小束亮光。那亮光熄灭了。那狗再一次不安地动了一下，那亮光也再一次亮了起来。我只觉得纳闷。那狗很安静，我能清楚地看到那亮光，它的形状似曾相识。我想了一会儿，终于想起来了，那是一只手，四个手指和一个大拇指，真像一只手！我想到了这狗左侧腹上的那个可怕的伤口，我看到的肯定是那伤口。那伤口在晚上会发光，为什么呢？几分钟过去了，我满脑子都想着这一新发现……

突然,花园那边传来一个声音,不由得使我毛骨悚然。那声音正在向这边靠近。"啪哒""啪哒""啪哒"。一种恐惧通过我的脊梁骨,爬到头顶。那狗开始走动,并且发出害怕的呜咽声。它肯定已转过身去,因为我现在看不到那发光的伤口了。

外面的花园恢复了平静,可我还是害怕地听着。一分钟过去了,又一分钟过去了,我又听到那"啪哒"声了,而且很近,好像就走在那条碎石小径上。奇怪的是,那脚步声很有节奏,而且从容不迫。就在书房门外,脚步声停住了。我一下子站起来,一动不动。门那边传来一个细弱的声音——门闩被慢慢提了起来。我两耳满是嗡嗡声,头觉得很重……

门闩"啪"地一声掉入挂钩中,我吓了一大跳。在以后的一长段时间里,周围又恢复了平静。我就这样站着。突然,我的双膝开始抖动。于是,我不得不迅速坐了下来。

不知过了多长时间,渐渐地,我不觉得害怕了。但我还是坐着,似乎已失去了移动的能力。我觉得特别疲倦,想打瞌睡,双眼一张一合,很快,便睡着了,又醒过来,就这样轮流,睡睡醒醒,醒醒睡睡。

约莫一段时间后,我睡眼蒙眬地发现其中一支蜡烛的火焰在晃动着。再次醒来时,那蜡烛已灭,房中非常黑暗。因为只有一支蜡烛还亮着。

这种半明半暗使我有点忧虑。现在，我不再有害怕的感觉，一心只想着要睡觉，睡觉。

尽管周围没有一点声响，我突然醒了过来——彻底地醒了。我实实在在地感到某种神秘的、不可抵挡的东西就在附近，空气中似乎充满了恐怖。我蜷缩着坐在那儿，聚精会神地听着。周围还是一片寂静，大自然它自己似乎已死去。一阵骇人的风啸声打破了这种压得人喘不过气来的宁静，那风声绕着屋子转了一圈，然后逐渐在远方消失。

我扫视了一下半明半暗的房间。那边角落的大钟旁，有一个高大的黑影。我看着，一下子害怕起来。后来，发现并没有什么，便松了口气。

在以后的时间里，我大脑中一直思考着这样一个问题，为何不离开这房子——这所充满神秘和恐惧的房子？像是在回答这一问题似的，我眼前出现了不可思议的沉睡的大海。经历了多年的分别之苦后，我和她又能在那儿见面的沉睡的大海。而且我明白，不管发生什么，我将永远待在这屋子中。

从旁边的一个窗子望出去，我看到了昏暗的夜色。我扫视着远方，又收回目光，扫视着书房。目光停留在一个又一个黑乎乎的物体上。我突然转过身，朝右边的窗户望去。我的呼吸加快了，在窗子外面但又靠近栅栏的地方有样东西。我害怕地探过身子，朝那东西望去，原来那是一张巨大的、朦胧的猪脸，上面闪烁着忽明忽暗的绿色火焰。

这是来自竞技场的猪怪，颤抖的嘴巴不断地滴着磷光色的口水，双眼直视着房间，露出难以理解的表情。我被吓呆了，僵硬地坐在那儿。

那猪怪开始移动，慢慢朝我转过身来。它的脸正在转向我，它看到我了。两只巨大的、非人类的、残忍的眼睛透过黑暗注视着我。我被吓得魂灵出窍，然而，不知为什么，即使是现在，我还能清楚地注意到远处的星星被这张大脸遮住了。

一种新的恐惧向我袭来。我不由地从椅子里站起来，某样东西驱使我拔腿朝通往花园的门走去。我想停下来，但做不到，有一股力量不断地跟我的意愿对抗。于是，我不愿意地放慢脚步。我无助地瞥了下房间，在窗子旁停了下来。那张巨大的猪脸已消失，我又听到那鬼鬼祟祟的"啪哒"声，并且在我被驱使着前往的门外，那"啪哒"声停住了……

接下来是短暂的充满紧张的宁静。又有一个声音传了过来，是门闩被慢慢提起时发出的嘎嘎声。对此，我陷入了绝望中。我不想再往前跨出一步。我想努力往后退，但我身后似乎有一堵无形的墙把我堵住。我既害怕又恼怒，发出了可怕的呻吟声。那嘎嘎声又响了起来。我手脚冰冷，颤抖起来。我要尽力……啊，反抗，做出最后的挣扎，不让怪物进来，但这是无济于事的……

我来到门口，机械地看着自己伸出一只手去拿掉最上面的门闩。

在没有受到我意志力的驱使下，我的那只手自己就把它拿开了。在我的手伸向那门闩时，那门猛烈地摇晃着，我闻到空气中的一股腐臭味，像是从门缝中飘进来的。我慢慢地拉开那门闩，可与此同时心里在默默地做着挣扎。门闩"砰"地一声离开凹处。我浑身冰冷，开始颤抖起来。还有两个门闩：一个在门的底部，另一个在门的中部，那是个大门闩。

　　约莫一分钟时间，我站在那儿，双臂无力地垂在身体两侧。那种被驱使着去开门闩的感觉已经消失。突然，我脚边发出一种嘎嘎声。我迅速低下头，发现我的一只脚正在踢开下面的那个门闩，我当时的恐惧简直无法形容。我绝望极了……随着一声清脆的响声，门闩离开了扣环。我一个踉跄，便伸手抓住中间那个大门闩，把身体靠在上面。一分钟过去了，可对我来说，像是一个永恒；然后下一个……天哪！我被驱使着去开最后一个门闩。我不干！我宁愿死也不会让门外的东西进屋来。难道没有办法逃吗？……我的天哪！那门闩的一半已离开凹处！我嘴里发出恐怖的嘶哑的尖叫声。现在，三分之二的门闩已被拉出来，而我那只无意识的手还在把我推向灭亡。是死是活，就在一念之间。我再一次因害怕而痛苦地尖叫起来，我如痴如狂，拼命把手缩回来，只觉得眼前一黑，双膝一软，身体"砰"地一声撞在门板上，然后滑倒，滑倒……

　　我至少躺了两个小时。醒来时，发现另一支蜡烛也已灭掉，房中一片漆黑。我又冷,又怕,感到钻心的疼痛,因而无法站起来,然而,脑袋是清醒的,而且,那可怕的控制力也已消失。

我小心翼翼地起身,双膝跪在地上,伸手去摸那中间的门闩。摸到后,把它安全地放入环扣中。对下面的门闩也是如此。这时候,我能站起来了。于是,又努力地把上面的门闩闩得牢牢的。待这一切办妥后,我又跪下,通过家具间的空隙,朝楼梯方向爬去。这样,我就不会被窗外的东西看到了。

我来到对面那扇门,在离开书房时,回头又朝那窗子瞥了一眼。在窗外的夜色中,我依稀看到了什么,但可能是幻觉。接着,我来到了走廊上,来到了楼梯上。

来到我的卧室,我衣服没脱便爬到床上,然后用被子把自己浑身蒙住。就这样,过了一会儿,我又开始有了信心。睡觉是不可能的了,但暖烘烘的被子使我觉得很舒服。我尽量回想着昨晚发生的一切,尽管睡不着,但我也不能连贯地思考着所发生的事情,我的大脑变得一片空白。

天快亮时,我开始不安地辗转反侧。因为睡不着,不一会儿就起床,在地板上踱着步。冰冷的曙光开始射进窗户,照进没有家具的破旧卧室,给人一种不舒服的感觉。奇怪的是,这么多年以来,这房子第一次给我一种阴沉的感觉。时间在不断地流逝。

楼下传来一个声音。我来到房门口，听着。原来是玛丽，在厨房间忙碌着准备早饭。我不想吃早饭，因为我不饿。但令我不解的是，这屋子中发生的可怕之事似乎对她没有半点影响。除了地洞中那些猪怪外，她似乎并没有意识到有什么不寻常的事发生。跟我一样，她也老了。然而，我们之间没有多么大关联。是不是因为我们没有共同语言？还是因为人老了，我们更加在乎的是安静而不是交流呢？我默默地想着这些和其他一些事情，暂时不去想昨晚所发生的可怕之事。

过了一会儿，我来到窗边，打开，并朝外看着。此时太阳已升出地平线，外面的空气虽冷，但清新，还弥漫着芳香。我的大脑渐渐地清醒过来，暂时有了一种安全感。我高高兴兴地下楼，到花园去看那狗。

快到狗窝时，我闻到一股昨晚我在书房门口闻到的同样的臭味，不由得害怕起来。但定一定神后，我开始叫那狗的名字，但它并没有站起来。我又叫了一下，并随手拾起一小块石子，朝狗窝里面扔去。这下它可动了，但显得不安，我又喊了它的名字。不一会儿，姐姐来了，跟我一起哄那狗出来。

不久，那可怜的东西终于站了起来。奇怪的是，样子迷惘，摇摇晃晃。只见它蹒跚着走到日光下，傻傻地眨着眼。我看着它，发现那可怕的伤口比原先更大，而且发白，像是在发炎。姐姐想走过去抚摸它，但被我阻止了，并对她说，最近几天最好不要离它太近。我当然不可能告诉她那狗是怎么回事。不过，我想，还是小心为妙。

姐姐转身离去，回来时带了一盆杂七杂八的食物，放在离狗不远的地方。我随手折下灌木丛中的一根树枝，把那盆食物推到那狗够得到的地方。然而，香喷喷的肉并不能引起它的食欲。它回到窝里去了。它的食盆中还有水。我和姐姐说了一会儿话后，便回屋子去了。看得出姐姐在为狗的这一情况感到纳闷，但只要告诉她一点点事情的原委，就会让她发疯的。

白天就这样平静地过去了。夜幕降临了，我决定重复昨晚的实验。尽管不能说这是否明智，但我主意已定。我已做了一些防备工作，在每个门闩后面钉上结实牢固的钉子。这样至少可以防止昨晚我所经历的情况再一次发生。

从晚上十点，到第二天凌晨二点半，我一直观察着，但什么都没发生。最后，我摇摇晃晃地上床，很快便进入了梦乡。

发亮的斑点

我突然醒了过来,外面仍然漆黑一片。我翻了一两次身,想继续睡,但已睡不着。头微微发疼,觉得一阵冷,一阵热。于是,我不想再睡,伸手去摸火柴,想点燃蜡烛,看一会儿书。也许,过一会儿,还会有睡意。很快,我摸到了火柴盒,就在打开时,却吃惊地发现一点磷火在黑暗中闪闪发光。我伸出另一只手去抓那磷火,原来它就在我的手腕上。在一阵害怕中,我迅速擦亮火柴,一看,除了一点擦伤外,什么都没有。

"幻觉。"我咕哝了一句,同时松了口气。火柴烧到了我的手指,我迅速把它扔掉。在摸第二根火柴的同时,那磷火又亮了起来,现在我知道这并不是幻觉。有一次我点燃了一支蜡烛,决定把我的手腕仔仔细细地察看一下。伤口周围有一小块绿色的斑点，对此我感到不解。突然，我想起来了，猪怪出现后的那个早晨，我记得那狗在我手上舔了一下。就是在那时，我的手腕被擦伤了，尽管当时我并没察觉到。一种恐惧向我袭来，进入我的大脑——狗的伤口，在黑暗中发亮。我一阵晕眩，坐到床沿上，尽量想回忆起一些东西，但做不到。这种新的恐惧使我的大脑麻木了。

时间在一分一秒地流逝。我再一次清醒过来，想说服自己肯定是自己搞错了，但无济于事，因为我心里是确信无疑的。

一个小时过去了，两个小时过去了。我默默地坐在黑暗中，身体颤抖着，陷入绝望中……

白天来了又去。现在又是夜晚。

今天一清早，我开枪打死了那狗，并把它葬在灌木丛中。姐姐又惊又怕，而我已是绝望。这是没有办法的办法，因为那腐烂的伤口几乎占据了那狗的整个左边身体。我自己手腕上的伤口也在扩大，好几次，我发现自己在低声地祈祷——这是我小时候就学会的。上帝啊，万能的上帝啊，救救我吧！我快疯了！

六天过去了，我连一滴水都没沾过。现在是晚上，我坐在椅子里。啊，天哪！谁能体验到我所经历的恐惧呢？恐惧已将我包围起来。我感觉得到它在燃烧，并且已侵占了我的右手臂和右边身体，正开始爬上我的脖子。明天，它将吞没我的脸，我将成为一堆有生命的腐烂的臭肉。我是在劫难逃。房间一边的枪架使我产生了一个念头。带着最最奇怪的感觉，我又看了一下那枪架，这念头越来越清晰。上帝啊，你一定知道，那种死法要比这种死法好上一千倍。这种死法！上帝啊，饶恕我吧，我不能活下去了，不能，不能！我不敢活下去！我已无法拯救——没什么能救得了我。这样死去至少可以使我免受那最后的恐惧……

我肯定一直在打瞌睡。我很虚弱，嗯，很痛苦，很痛苦，很疲倦，很疲倦。我头脑中出现纸张的沙沙声，但那声音显得异常尖锐。我想坐一会儿，思考一下……

嘘！我听到了，在地下室，就在地下室，传来吱吱嘎嘎的声音。天哪，是打开地下室地洞橡木盖的声音。怎么回事？我手中钢笔的沙沙声震耳欲聋……我必须听……楼梯上传来脚步声，奇怪的脚步声，一步一步地往上爬，离我越来越近……上帝啊，可怜可怜我这个老头吧！有人在摸门的把手。啊，天哪，救救我呀！上帝啊——门被慢慢打开。一个……

注：故事到此结束了。从手稿上可以看到未写完的字迹，表明由于害怕和虚弱，钢笔从手中落到了纸上。——编者

尾　声

　　我放下手稿,朝托尼生望去:他坐在那儿,两眼注视着黑暗。等了一会儿,我便开口说话。

　　"怎么了?"我说。

　　他慢慢转过身,看着我。他的思绪似乎已飞到十万八千里以外去了。

　　"他会发疯吗?"我问道,一边点头示意那手稿。

　　托尼生看着我,但在想其他的东西。当他回过神来的时候,又突然回到了我的问题。

　　"不会!"他说道。

　　我提出了相反的观点,因为我对事物的理智感不允许我按照字面的意思理解这个故事。后来，我闭上嘴，不再说什么。不管怎么说，托尼生肯定的语气影响了我的怀疑，使我的自信突然有所减少，尽管我不是十分相信他的话。

沉默了一会儿，托尼生毫无表情地站起来，开始脱衣服。他似乎不想说话，所以我也不说什么，学他的样，脱去衣服。我很疲倦，满脑子都是刚才读的故事。

就在我钻入毯子中时，我想起了那些我们见到过的古老花园，想起了像变戏法一样钻入我们心中的奇怪恐惧，并肯定地相信，托尼生的观点是正确的。

我们起床时，已经很晚，快到中午了。因为昨晚大部分时间都用来读那手稿了。

托尼生脾气乖戾，我的情绪也不好。天气有点阴沉，空气中有一丝凉意。我们两个谁都不提到外面钓鱼的事，吃过饭后就坐着，默默地抽着烟。

不一会儿，托尼生要手稿，我把手稿交给他，下午的大部分时间，他就一个人在那儿看着手稿。

就在他看手稿的时候，我想到了一个问题："你为何要再看一遍？"我点头示意道。

托尼生抬起头。"没什么！"他突然说道。对他的回答，我的放心多于生气。

后来，我不再去打搅他了。

享用茶点之前，他抬起头，好奇地看着我。

"对不起，伙计，刚才对你无礼了。"确实如此。他已有三个小时没有开过口了。"但我再也不想到那儿去了，"他用头表示道，"不管你给我什么！"他放下那本有关一个人的恐怖、希望、绝望的手稿。

第二天一清早，我们就起床，准备去游泳，这已成为我们的习惯：我们基本上忘掉了前一天的不快。吃罢早饭，我们拿起鱼竿，一整天都在做我们最喜欢的运动。

从那以后，我们的假期真是过得愉快极了。然而，我们两个都盼望着我们的司机快点到来，因为我们急于想从他——这个小村庄中的一员口中知道，村民中间是否有人能告诉我们关于这个处于偏僻之地的奇怪花园的事情。

盼望已久的这一天终于来临了。那天，我们还未起床，司机就来了。我们知道的第一件事是，他站在帐篷口，问我们是否玩得愉快。我们作了肯定回答。然后，几乎是异口同声问了一直萦绕在我们脑海的这个问题：他是否知道一个关于一个古老花园、一个大峡谷、一个位于那条河下游的、几英里外的湖的故事。还有，他是否听说过那儿的一所大房子？

不,他不知道,也不曾听说过。不过,他以前听别人说在那荒野中有一间大而破旧的房子,如果他没记错的话,那房子只是传说中的事。即使不是如此,他敢肯定那房子有点"古怪"。不管怎么样,他很久没听人提起那房子了——当时,他还只是一个小青年。不,他不可能还记得那房子什么特别的地方了。事实上,在我们问他一些问题之前,他根本不知道自己还记得任何事情。

"听好了,"托尼生说道,他发现司机大概也只能告诉我们这些事,"我们起床的时候,你到村子里去兜一兜,看看能否有所发现。"

司机用一种难以形容的样子应了一声,然后执行任务去了。我们匆忙穿好衣服,然后准备早餐。

我们刚坐下来准备吃早餐,司机回来了。

"都躺在床上睡懒觉呢。"他说道,又摆出那副难以形容的样子,眼睛露出感激的眼神,看着我们准备好的美餐。这些食物就放在一只食物箱子上,我们把它作餐桌用。

"来吧,坐下,"我朋友答道,"跟我们一起吃吧。"那司机二话没说就坐了下来。

吃罢早饭,托尼生又让他到村子里去,而我们就坐在那儿,抽着烟。约莫三刻钟后,那司机回来了。很显然,他打听到了什么。他问过村里的一位古稀老头,尽管了解到的关于那房子的奇事少得可怜,但从别人那儿，他是了解不到这些的。

事情是这样的：那古稀老人年轻的时候——天才知道是多少年以前——花园的中心曾经有过一幢大房子，现在仅是一堆废墟。长期以来，这房子一直是空着的，这是在那古稀老人出生以前的事了。村里的人世世代代都避开这房子，因为对这房子有许多可怕的传说，不管是白天还是黑夜，没有人靠近过这房子。在这村子里，这房子就是邪恶和可怕的代名词。

有一天，一个陌生人驾着车子来到村里。他穿过村子，然后在河流下游转入旁道，朝那屋子走去。几小时以后，那陌生人驾着车子沿原路回来，朝阿尔德拉罕方向而去。在以后的三个月左右，一直没再听说过那个人。到了第三个月的月底，那陌生人又出现了。不过，这次他身边多了个老太太，还有许多载满多种物品的驴子。他们一刻不停地穿过村子，沿着河岸朝那房子走去。

从那以后，除了给那个陌生人和老太太每月从阿尔德拉罕购买日用品的那个人之外，没人见过那个陌生人和那个老太太，也没人主动去跟那个购买日用品的人讲过话。显然，他干这差事收入还真不差。

小村子里的生活就这样平平淡淡地过去了，那个购买日用品的人一如既往地进行着他每个月的旅程。

一天，跟往常一样，他又出去办事去了。经过村子时，他没有和村民们多说一句话，便径直朝那屋子走去。通常天黑时他就回来了，而这一次，他晚回来几个小时，样子异常激动，而且带来一个令人震惊的消息，那房子完全消失了，原来的地方变成了一个巨大的壕沟。

这消息激起了村民们的好奇心，他们不顾恐惧，一大批人一起来到房子的所在地。在那儿，他们看到了购买日用品的人所说的一切。

这就是我们能了解到的。至于手稿的作者是谁，他从哪儿来，我们就永远无法知道了。

就像他似乎期望的一样，他的身份被永远地埋葬了。

就在同一天，我们离开了克莱顿这个荒凉的村庄。从此以后，再也没有回去过。

有时在梦境中，我会看到那个被茂密的树林和灌木丛所覆盖的巨大的壕沟，跟现实生活中一样。河水的潺潺声越来越响，和周围其他的声音混杂在一起，而笼罩着这些的，是那永久不散的飞沫水雾。

悲 叹

我满怀渴望，

没料到这世界

毁于上帝的手上。

如此强烈的不安，

如此浓烈的痛苦,

蹦出世界恐惧的心房。

每一声啜泣都是哭喊,

极度的痛苦敲击我的心脏。

满心只有一个担忧,

今生再也不能

(除非在痛苦的回忆里)

握你的手,因你已消亡!

在空荡荡的黑夜,

我默默地呼唤着你。

你已离去,夜的苍穹,

成了肃穆的教堂。

星星的钟声向我敲响,

而我则在永恒里孤独彷徨!

我渴望堤岸,

也许有幸福向我走来,

来自古老之海永恒的心房;

请听!来自神圣的深处,

传出神秘的声音,

问我们为何要离别神伤!

从今后我只能独自徘徊,

尽管我曾拥有你我的天堂。

我的胸膛充满着痛苦,

而那痛苦早已步入

空虚,在那里人影幢幢,

迷迷茫茫!

我发现这首诗歌是用铅笔写在纸上,用树胶粘贴在手稿后面的空页上。其写作的日期显然早于手稿。

图书在版编目（CIP）数据

边陲幽屋 /（英）威廉·霍奇森著；林文华译. ——
上海：上海文艺出版社，2020（2021.7重印）
（域外故事会神秘小说系列）
ISBN 978-7-5321-7590-1

Ⅰ. ①边… Ⅱ. ①威… ②林… Ⅲ. ①长篇小说-英
国-现代 Ⅳ. ① I561.45

中国版本图书馆CIP数据核字（2020）第 047836 号

边陲幽屋

著　　者：[英] 威廉·霍奇森
译　　者：林文华
责任编辑：蔡美凤　朱崟滢
装帧设计：周艳梅
责任督印：张　凯

出　　版：上海文艺出版社
出　　品：上海故事会文化传媒有限公司
　　　　　（200020　上海市绍兴路74号　www.storychina.cn）
发　　行：上海文艺出版社发行中心
　　　　　（上海市绍兴路50号）
印　　刷：上海中华印刷有限公司
开　　本：889毫米x1194毫米　1/32　印张6
版　　次：2021年3月第1版　2021年7月第2次印刷
ＩＳＢＮ：978-7-5321-7590-1/I·6039
定　　价：35.00元

版权所有·不准翻印

想看更多精彩故事？
扫码下载故事会APP

上海故事会文化传媒有限公司 出品（01027）www.storychina.cn
上海故事会文化传媒有限公司所有图书可办理邮购，免收邮费（挂号除外）
汇款地址：上海市绍兴路74号（200020）　收款人：上海故事会文化传媒有限公司出版发行部
联系电话：021-64338113
如发现本书有质量问题，请与印刷厂质量科联系 T：021-60829062